novum pro

ANNETTE SPILLNER-KUCHARZ

FLÜGELSCHLAG eines ENGELS

novum pro

Bibliografische Information
der Deutschen Nationalbibliothek:

Die Deutsche Nationalbibliothek
verzeichnet diese Publikation in der
Deutschen Nationalbibliografie.
Detaillierte bibliografische Daten
sind im Internet über
http://www.d-nb.de abrufbar.

Alle Rechte der Verbreitung, auch
durch Film, Funk und Fernsehen, fotomechanische Wiedergabe, Tonträger, elektronische Datenträger und auszugsweisen Nachdruck, sind vorbehalten.

© 2010 novum publishing gmbh

ISBN 978-3-99003-183-4
Lektorat: Silvia Zwettler

Gedruckt in der Europäischen Union
auf umweltfreundlichem, chlor- und
säurefrei gebleichtem Papier.

www.novumpro.com

AUSTRIA · GERMANY · HUNGARY · SPAIN · SWITZERLAND

1.

„Hast du gewusst, dass die Lotosblüte rot ist?", fragt Daniel. „Nein, ich habe noch nie eine gesehen." „Ich auch nicht, aber meine Lotosblüte ist rot." Daniel neigt leicht seinen Kopf und schaut mich an. Es ist dieser seltsame Blick, nicht hier und doch da. Er fühlt meine Anwesenheit, aber seine Wahrnehmung geht weiter, er ist unterwegs.

Zeit vergeht, ich spüre, dass sie verrinnt, aber ich schwimme nicht mit. Die Zeit ist ein Teil von mir, aber ich bin mehr, ich umarme sie wie ein kleines Kind, sie kann in mir umherhüpfen, total aufdrehen, aber ich sitze ruhig da und breite meine Flügel über ihr aus − Ewigkeit. Was kümmert mich der Stress, die kleinen Sorgen, das sogenannte Leben? Ich bin da, einfach da.

Ich schaue hinüber aufs andere Ufer: Häuser, Berge, Lichter. Warmer Sommerwind kommt herüber und streift mich. Ich atme ihn ein und spüre seine Zartheit − Flügelschlag eines Engels.

Es wird langsam dunkel und ich hole ein Teelicht hervor. Das Streichholz ist noch gar nicht ganz entbrannt, da verlischt die Flamme auch schon wieder. Selbst dem leichten Windhauch, der über den See herüberweht, hält sie nicht stand. Ein zartes Geschöpf.

„Kennst du die Geschichte von dem jungen Mann, der wissen will, wie lange er noch lebt? Er wird zu seiner Lebenskerze geführt, die nur noch ganz kurz ist und im nächsten Augenblick verlischt sie." „Ja, ich kenne die Geschichte." Nach einigen neuen Versuchen gelingt es mir endlich, das Teelicht zum Brennen zu bringen. Daniel hält seine Hände schützend um die Flamme. Ich grabe ein Loch in den steinigen Strand und er stellt die Kerze hinein. Trotzdem flackert sie so, als könnte sie jeden Moment ausgehen. Ich fange an, Steine um das Loch zu bauen, so dass das Teelicht wie am Boden eines Brunnens steht. Endlich steht die Flamme still und verbreitet ruhig ihr Licht. Ewige Sekunden lasse ich mich in diese Stimmung ziehen.

Daniel hat die ganze Zeit lächelnd zugeschaut und nun sitzen wir beide da und sehen aufs Wasser. Als ich für einen Moment die Augen schließe, habe ich das Gefühl, dass er ganz dicht neben mir sitzt, ich spüre seinen Oberarm an meinem, Wärme strahlt herüber. Ein Blick neben mich zeigt, dass ich mich getäuscht habe und er unverändert einen Meter entfernt von mir sitzt. Dass ich mich getäuscht habe? Hat mein Blick mich getäuscht oder mein Gefühl? Daniel schaut mich an, als wüsste er, was in mir vorgeht. Langsam steht er auf und setzt sich neben mich, Oberarm an Oberarm. Aber es fühlt sich ganz anders an, es ist nicht dasselbe, und unwillkürlich rutsche ich ein Stück weg. So weit weg, bis ich seine Nähe wieder spüren kann. Ich schließe die Augen und er ist wieder da.

„Hast du Frieda mal wieder gesehen?", fragt Daniel nach unzähligen Momenten. „Nein, das ist schon lange her. Sie hat mir einen Abschiedsbrief geschrieben, damals. Ich sei immer noch der König und hätte das Sagen." „Das stimmt." Ich schaue Daniel fragend an. „Jeder von uns hat einen König, dem er gehorcht. Aber nur derjenige, den wir als König anerkennen, wird uns dienen. Da sind wir frei." Diese Worte klingen in mir nach und ich denke an damals. Ein großes liebevolles Gefühl erfüllt mich und alles ist gut.

In diesem Moment beginnt ein Feuerwerk auf der anderen Seite des Sees. Unwirklich, keiner von uns hat damit gerechnet. Staunend wie die Kinder schauen wir hinüber, minutenlang. Die Schweizer begehen im August ihren Nationalfeiertag, habe ich irgendwann später erfahren. Langsam ebben die Feuerspiele ab, noch einmal und noch einmal – dann ist Stille. Rauch liegt über den Lichtern.

Ich lege mich auf den Rücken und bette meinen Kopf auf die Arme. Der Blick nach oben geht ins Endlose. Es wird kälter und ich bin froh, dass ich meine Jacke angezogen habe. Sternenklar, unendlich viele Lichter am andern Ufer dort oben. Auf einmal ein Schweif. Eine Sternschnuppe? Während ich darüber nachdenke, noch eine und noch eine. Gespannt schaue ich auf der Jagd nach der nächsten. Fantastisch! Ein Feuerwerk der anderen Art. Mir kommt in den Sinn, dass man sich ja etwas wünschen kann, da fällt erneut eine Sternschnuppe. Was soll ich mir denn wünschen? Mir geht so vieles durch den Kopf, doch im nächsten Augenblick erscheint es mir schon unwichtig. So hangle ich mich von Wunsch zu Wunsch, bis ich schließlich wieder in meiner Gegenwart angelangt bin. Leere. Was füllt mich? Ich schaue hinüber. „Daniel?"

2.

Die S-Bahn, Menschen, Gesichter. Wo bin ich? Ich schaue aus dem Fenster. Die Sonne geht auf. Nein, so früh bin ich nicht unterwegs. Aber der Berg dort drüben ist hoch genug, dass nur ein paar Strahlen hinübergelangen, bis sich Sekunden später das volle Licht gegen mich ergießt. Blindheit für ein paar Augenblicke.

„Jesus liebt Dich." „Jesus ist für Dich gestorben." Irgendjemand hat diese Schilder drucken lassen und gut sichtbar neben den Gleisen aufgestellt. Warum? Wie können sie sich ihrer Sache so sicher sein? Steht das irgendwo, hat es ihnen jemand gepredigt? Sie stellen ihn hier einfach zur Schau, machen ihn zum Gespött. „Komm doch herunter, wenn du kannst!", höre ich die Leute sagen. Sie lieben ihn nicht, sie wären auch nicht für ihn gestorben. Das ist zu laut, zu billig. Geiz ist geil. Ich meine, wer kann schon einen Werbespruch von einer Weisheit unterscheiden? Woran können wir uns festhalten bei diesem Ausverkauf an Worten? Reden ist Silber, Schweigen ist Gold. Dass Silber so wertlos geworden ist. Die nächste Haltestelle, der Sekundenzeiger springt und springt und … schon vorbei.

„Du kannst doch mit uns fahren!", hatten sie mir angeboten. „Ich möchte mit der Bahn fahren.", war meine Antwort. Ihr Blick zeigt mir: wieder mal ins Schwarze getroffen. „Mir ist es egal, musst du selber wissen." Ja klar, natürlich. Wer gesteht einem schon die Freiheit zu, einfach nicht mitzufahren? Erklärungsnot, Begründungen müssen her. Minderwertigkeitskomplexe lassen nicht locker, vielleicht haben sie was Falsches gesagt und ich fahre deshalb nicht mit. Schweigen. Es geht mir so auf die Nerven. „Also, bis später!", habe ich gesagt und bin gegangen. Was geht mich das alles an? Nichts mehr.

3.

Das sind die Momente, in denen ich mich frei fühle. Ich weiß nicht, was kommt und lasse mich einfach führen. Nichts ist vorgedacht, die Zügel locker. Ich falle in mich selbst hinein und schaue von innen durch meine Augen. Leonardo da Vinci hatte Recht, die Augen sind die Fenster der Seele. Meine liebe gute Seele. Wann immer ich mir ihrer bewusst werde, durchströmt mich eine wohlige Wärme, eine tiefe Liebe zu allem, auch zu den Menschen. Warum tun sie das, was sie tun, warum tu ich das, was ich tue? Blöde Frage. Weil es grade sein muss, weil es irgendeinen Sinn hat. Aber hat es auch einen Sinn, immer dasselbe zu tun, sich im Kreis zu drehen?

Hast du schon einmal der Stille zugehört? Wenn du sie vernimmst, während du inmitten vom Trubel läufst, tauchst du tief ins Weltgeschehen ein, fühlst Schicksale an dir vorbeiziehen, siehst Menschen in die Augen, aber Vorsicht, denn alles kann passieren.

Wir versuchen die Liebe, jeder auf seine Art – der Mörder wie die Ärztin, der Pfarrer wie die Terroristin – Wahnsinn.

Lebkuchenherzen im September. Alles ist in Ordnung – solange ich der Stille zuhöre.

Der Wahnsinn des Normalen. Wer ist nur auf die Idee gekommen, eine Norm für Menschen und ihr Verhalten aufzustellen? Überall in der Wissenschaft misst man die Realitäten an einem Durchschnitt, der der unwahrscheinlichste Fall ist, jedenfalls nicht wahrscheinlicher als jeder andere auch. Habe ich eine Gruppe von Menschen, in der nur Hyperaktive und extreme Phlegmatiker sind, kann man sich einen normaleren Durchschnitt nicht wünschen. Alles ist in Ordnung – solange ich der Stille zuhöre.

Die Summe wird schon stimmen. Wenn irgendwo auf der Welt ein einsames Plätzchen zu finden ist, wird irgendwann eine hyperaktive Zivilisation darüber herfallen. Es ist nur eine Frage der Zeit. Summa summarum – Durchschnitt der normalen Mitte.

Oh, du Tag der Freude. Wie ein Adler schwebe ich am Himmel. Es beginnt sich zu ordnen, alles beginnt sich zu ordnen. Was für einen Anteil habe ich daran? Ich meine, habe ich jemals anders gekonnt, als so zu handeln, wie ich es getan habe? Und wenn ja, ist es auch egal, denn es gab immer nur eine Entscheidung: die, die ich getroffen habe.

Manchmal habe ich das Gefühl – wenn ich Rückschau halte oder nur für einen Moment in mich gehe – dass ich unglaublich alt bin. Wenn ich dann aber Menschen sehe in ihrem seelischen Korsett, in zur Gewohnheit gewordenen Verhaltensmustern, unfähig, in neuen Bahnen zu denken, dann schwebe ich im Raum. Ich nehme sie wahr wie Säulen und Mauern um mich herum und suche die Freiheit, das Leben. Ich gleite tief in mich hinab wie Marie, die in den Brunnen sprang und in einer anderen Welt auf einer blühenden Wiese erwachte. Da bin ich zu Haus, da ist meine Quelle sprudelnden Lebens. Aber, oh weh, immer wieder muss ich auftauchen in die sogenannte Welt, die doch nur ein Schatten jener eigentlichen ist. Sie wird auch nicht realer, wenn man nur lange genug daran gewöhnt wird.

Eine Bank. Ich setze mich. Die Blätter der Linde über mir rascheln. Ein warmer Hauch streift mich. Ich schließe die Augen, atme den Wind. Da ist er wieder, ich spüre seinen Oberarm an meinem und öffne die Augen – niemand. Langsam drehe ich meinen Kopf und schaue, nehme wahr durch meine inneren Augen. Daniel?

Ich habe ihn nicht mehr gesehen seit damals, am Ufer ist er spurlos verschwunden, genauso plötzlich, wie er kam. Aber macht es einen Unterschied, ob er jetzt hier ist oder nicht? Ich schließe die Augen, da ist er wieder. Ich spüre ihn hinter mir, sanft legt er seine Hände auf meine Schultern, Wärme durchströmt mich. Ich lehne meinen Kopf nach hinten und öffne die Augen. Da durchzuckt es mich gewaltig, ich schaue in tiefe

Augen: Daniel! Ich drehe mich zu ihm um und will gerade …
da legt er den Finger an seinen Mund. Still. Ich weiß, wenn
ich auch nur ein Wort sage, ist er verschwunden. Daniel, denke
ich. Er lächelt.

4.

Blaulicht, Menschenmasse, Gemurmel. Was ist passiert? Sie tragen ihn fort, in den Rettungswagen. Zu weit weg, um Genaues zu sehen, emsiges Hantieren um ihn herum. Die S-Bahn steht da, als hätte sie eben nur mal angehalten. Die Polizei spricht mit dem Fahrer, beschaut die Schienen. Ein Schicksal. Wird er durchkommen? Hat er Familie?

Ich schaue hinüber zu der Linde. Die Bank steht leer. Was ist passiert? „Kennen Sie den Mann?", werde ich gefragt. Ich schaue um mich, nur noch eine Hand voll Leute steht da und schaut der Polizei zu. „Nein, ich habe ihn gar nicht richtig gesehen. Kann ich gehen?" „Ja, natürlich."

Loslassen, weitergehen und bei mir bleiben. Ich meine, ich könnte ja auch die Verbindung zu ihm herstellen, mich in seine Lage versetzen oder mir vorstellen, einem mir sehr nahe stehenden Menschen wäre das passiert. Ich könnte Ängste aufkommen lassen, von jetzt auf nachher alles auf den Kopf stellen, aber wozu? Nein, es ist ein wunderbares Gefühl, die Nabelschnur durchzuschneiden, ich will frei sein, mein Schicksal ist ein anderes, jedenfalls hier und jetzt.

Ich tauche ein in mein Gefühl von heute Morgen. Wie die Leere füllen? Der Tag wird doch nicht deshalb sinnvoller oder besser, weil ich ihn mit Aktivität fülle. Geduld, runterfahren, entspannen, auftanken. Der nächste Impuls kommt bestimmt. Langsam wie das Kribbeln, nachdem einem der Arm eingeschlafen ist, spült die Energie in den Körper, den Geist, die Seele. Hell und heller geht die Sonne auf. Im Meer des Lebens angekommen. Aufwachen, lustvoll aufstehen, ein Traum. Es ist so schön, in die Welt einzutauchen, wenn niemand etwas von einem will. Hören, sehen, fühlen – bis man Lust bekommt, ordnend, gestaltend, erkundend oder sonst irgendwie in die Welt einzugreifen. Und dann, nach getaner Arbeit, ein schönes

Ritual: Kaffeepause. Für ein paar Minuten raus aus dem „Ich muss noch …!" Ich will ja auch, aber die Freiheit, nichts zu tun, ist wohl die größte, die man auf Erden empfinden kann. Und vielleicht erwächst ja erst aus diesem Gefühl der stärkste und göttlichste Entschluss zum Handeln. Die Freiheit, nichts zu tun, ist ein Loslassen, das ein kleines Sterben bedeutet. Sterben, um aufzuerstehen wie Phönix aus der Asche.

5.

„Daniel, was ist anders zwischen uns?", höre ich mich sagen. „Dass wir nicht abhängig voneinander sind.", klingt die Antwort. Ist es seine Stimme, ist es meine? Ich weiß es nicht. Irgendwie scheint sie von ganz tief in mir zu kommen. „Aber warum begegnen wir uns?" „Weil wir es wollen." „Willst du mir begegnen?", frage ich. „Willst du mir begegnen?", kommt die Antwort. Ja, denke ich. „Siehst du, und nur das zählt."

Ich öffne meine Augen. An der S-Bahn deutet nichts mehr auf einen Unfall hin. Es ist so, als wäre nichts gewesen. Gerade fährt die nächste an mir vorbei. Als wäre nichts gewesen? Nein, ganz so ist es nicht, weil ich da bin. In mir ist es da, nur die Zeit ist anders. Ich sehe noch mal das Bild von vorhin. Sie tragen ihn fort in den Rettungswagen. Ja, ich bin wieder dort, ein Zeitsprung. Ich spüre Gedanken in mir aufkommen. Er wird jetzt im Krankenhaus sein. Ist er im OP? Ist er schon verloren? Wer weiß. Immer noch stehe ich da und schaue auf die Unfallstelle. Doch Angst? Nein, ich habe etwas anderes vor, die Linde. Ich laufe über die Straße und sehe schon von Weitem, dass Lindenblätter auf die Bank gefallen sind. Wie hingelegt sehen sie aus. Ich komme näher und denke, sie liegen wie ein großes „D". Ich lächle.

In mir fährt ein Fahrstuhl, von einer Ebene zur anderen. Wo soll er halten, an welchem Tag, an welchem Ort? Heute, ja. Ich knüpfe an, wohin wollte ich? So muss sich ein Kind öfter fühlen, wenn es gedankenversunken dasteht und ein Erwachsener mahnt: „Komm jetzt, wir wollten doch noch …!" Was wollte ich denn, welcher Erwachsene spricht jetzt zu mir: „Du wolltest doch …!" Mein Plan nimmt mich an der Hand. Ich gehe weiter, minutenlang. Der Fußweg führt hier dicht an einer schnell befahrenen Straße entlang. Autos rauschen im Zentimeterabstand vorüber. Eigentlich müsste ich spontan zur Seite springen. Gewohnheit? Abgestumpftheit?

6.

„Bist du unabhängig von den Gedanken anderer?", fragt Daniel. Welch schwierige Frage, denke ich. „Das ist doch schon eine ganz gute Antwort.", sagt er. „Wieso, hast du eine bestimmte erwartet?" „Na ja, meistens ist die Antwort recht eindeutig. Außerdem setzt die Frage ja voraus, dass man Gedanken wahrnehmen kann." „Tun wir das nicht alle, mehr oder weniger bewusst?" „Ja, sicher.", meint Daniel. Ich liebe diese Gedankenversunkenheit, dieses In-sich-Ruhen, pures Fühlen, Geborgenheit in höheren Händen, Leichtigkeit. Genau, das ist das Besondere an ihm, so anders, als bei den Menschen, die ich kenne. Oder anders als bei den Menschen überhaupt? Anders als bei mir? Ich schaue in den Spiegel.

Großartig, es war einmal ein Stern, der flog durch die Nacht. Man kann so viel reden und nichts sagen. Einfach so ein Bild malen, spontan eine Farbe wählen, den Stift, die Hand gewähren lassen. Wenn ich mich ganz leer mache, wer oder was füllt mich dann? Ihm will ich begegnen, ihr nah sein, alles und nichts zugleich muss es sein, mein Ebenbild in nie gekannter, nie erkannter Form. Wann ruhe ich ganz in mir, ohne Irritation, ohne Fremdheit, ohne das Gefühl einer Last, die noch abgeschüttelt werden muss, wo ist die Klarheit? Ist das der Tod? Pendeln zwischen den Polen, himmelhoch jauchzend, zu Tode betrübt. Wenn das Pendel steht, klingen die Glocken, die Stunde null, Alpha und Omega. Wie im Großen, so im Kleinen, wie im Himmel, so auf Erden. Mein Gott, so lange gesucht und du warst immer schon da, ich war immer schon da. Ja, genau, der Hase kann laufen, so schnell er will, bis zur Erschöpfung, bis ihm das Blut aus allen Adern rinnt. Der Igel bleibt ganz ruhig und sagt: „Ich bin schon da!"

Die Suche, die finden und festhalten will, wird nicht erfolgreich sein. Die Suche, die beweisen will, wird keinen Erfolg haben. Die Suche, die besser sein will, kann nichts bringen, sie wird einfach nur das Leben kosten.

Brotkrumen für Brotkrumen suche ich, um den Weg zu finden, den Weg nach Hause, mitten aus dem Wald, in dem ich mich wiederfand, als ich erwachte. Doch die Vögel haben das Brot schon weggepickt. Ich muss mich allein auf den Weg und meine ganz persönlichen Erfahrungen machen. Kann man begreifen, dass kein Verlust so groß sein kann, uns alles zu nehmen? Wir leben in der Angst, jemanden oder etwas zu verlieren. Aber uns selbst können wir nicht verlieren. Was ist dieses Selbst, dass es sich einen Körper aus Materie bauen und ihn wachsen lassen kann, dass es Stück für Stück von ihm Besitz ergreift, um ihn zu beherrschen, um durch ihn in der Welt nach seinem Willen zu handeln. Es gibt wohl die verschiedensten Gründe, weshalb dieses Selbst irgendwann einmal keine Lust mehr hat, in seinem Körper zu wohnen. Jeden Morgen wird es sich fragen, ob es Sinn macht, wieder hineinzusteigen und darin aufzuwachen. „Morgen früh, wenn Gott will, wirst du wieder geweckt." Wenn Gott dieses Selbst in uns ist, dann sollten wir endlich aufhören, von den Gedanken anderer abhängig zu sein. „Tja", sagt Daniel, „und du, hast du Lust, morgens aufzustehen?" „Ich weiß nicht.", zögere ich. „Doch!", jubelt er, „Ich weiß, weil es mich gibt!"

7.

Es gibt Fragen, die wir uns verbieten. Warum? Weil wir keine Antworten haben? Weil wir Angst haben, irre zu werden oder es vielleicht schon zu sein? Weil wir ein Bild von uns haben und unser Leben daran hängen, dieses Bild zu erfüllen? „Du sollst dir kein Bild machen!", steht geschrieben. Ich bin, der ich bin. Ich bin, die ich bin. Wer regiert den Kopf? Welche Macht? Die Macht der Gedanken. Der Kopf ist gefangen – und das Herz? Das ist dieser Traum: Wir schreien aus voller Kehle, geben alles, aber – kein Ton kommt heraus, nichts als Stille. Panik, Angst, Wut … So geht es unserem Herzen: ein Kind, verlassen, verloren, allein. Niemand kümmert sich darum. Es fragt, es klopft an, es schreit, was kann es noch tun? Nicht mehr mitmachen, aus der Reihe tanzen. Dann kommt doch ohne mich aus! „Ruhe!", schreit der Kopf. Ruhe, natürlich. „Ich bin ganz ruhig.", flüstert das Herz und bleibt stehen. Wer hat die Macht? Wollen wir gehen oder bleiben? Sind wir so stark, uns diese Frage ehrlich zu beantworten? Wollen wir gehen – warum? Wollen wir bleiben – warum? Was interessiert uns wirklich? Wer? Ich stelle mich allein in diese Welt und sehne herbei, was ich brauche, um glücklich, um ganz zu sein. Es gibt keine Pflicht, kein „Muss", nur ein „Ich will". Und was darf's sein? Ein Lottogewinn? Ein Star im Bett? Urlaub als Alltag? Eine Villa im Park? Trinken wir doch alles, wonach uns dürstet! Im Herzen, in Liebe und ohne Gewissen. Wahrheit ist Liebe, auch die unangenehme. Es gibt keine gute oder schlechte Wahrheit. Wir sagen, wir wollen etwas nicht wahrhaben. Aber diese Macht haben wir nicht. Jeder wird sich irgendwann der ganzen Wahrheit stellen müssen. Es gibt eine Lebenskunst, um sie herumzulaufen, alles zu tun, um ihr nicht ins Auge blicken zu müssen. Weil wir es noch nicht aushalten würden? Weil wir trotzig sind und an unserer Wahrheit festhalten wollen? Welcher Weg führt zu ihr? Der Weg des Herzens. Der Kopf kann sich die Füße wund laufen, um weit voranzukommen. Wenn er irgendwo unterwegs das Herz verloren hat, wird er alles wieder zurücklaufen, bis er es findet, aufhebt und mitträgt, hält, aushält. Siehst du das Licht am Horizont? Es ist die Hoffnung, nicht dein Ziel. Vergeude nicht deine Kraft, um draufloszurennen, es zu erreichen. Du wirst mit leeren Händen dastehen wie vor einer Fata Morgana. Nein, der Horizont ist nicht dein Ziel, sondern dein Herz. Geh und suche, wo du es verloren hast! Glücklicher, wenn du es findest. Heb es auf, pflege es gesund, lerne seine Sprache und lass dich von ihm führen, wann immer du kannst. Es wird dich glücklich machen, deinem Leben Sinn geben und der Kopf wird ihm dienen. Die Gedanken sind nicht Macht, sie sind Kreativität, Ideen, Vorschläge, Tipps. Wir können sie ergreifen oder auch nicht.

Spürst du, wie dein Herz sich freut? Es darf da sein, es wird wahrgenommen, geliebt. Was kann es Größeres auf Erden geben?

8.

„Aus dir werde ich nie schlau. Ich versteh dich einfach nicht!" Natürlich, warum auch? Wieso sollte ich dich schlau machen? Wie kommst du auf die Idee, mich jemals verstehen zu können? Mit dem Kopf, mit Worten, mit Theorien, mit Analysen! So kann man einem Menschen doch nicht begegnen! Es ist ja ohnehin nur ein Durchschauen-Wollen. Wie funktioniere ich, nach welchem Programm? Denn dann könntest du mit mir spielen, dann wäre ich berechenbar, dann könntest du das Risiko des Ärgers gekonnt umschiffen, vor Wut und Auseinandersetzungen fliehen. So schlau kann ich dich nicht machen, dass du grundsätzliche menschliche Verhaltensweisen des Miteinanders einfach ausschließen und Herr über mich und mein Schicksal sein könntest. Verstehen hat mit Fühlen zu tun, Mitfühlen. Das ist eine besondere Fähigkeit, die jeder erwerben kann. Aber viele scheuen sich davor, denn man muss den Weg der Weisheit gehen: über Feuer und Eis, durch Wüsten und Meere, durch Himmel und Hölle. Wer will das schon freiwillig? Und so kommt es, dass wir immer wieder ins kalte Wasser geworfen werden, ohne vorher gefragt worden zu sein. Aber sonst würden wir auch nie den goldenen Sonnenaufgang erleben, der nach der Nacht des Todes erstrahlt und Gefühle in uns frei werden lässt, die unbeschreiblich sind und Kraft für neue Ufer spenden. Willst du das? „Ja", sagt Daniel von ganz weit her. „Aber jetzt möchte ich allein sein."

9.

Der Abend ist vorbei und ich sitze noch hier. Ich weiß nicht, ob ich jetzt einfach ein ruhiges Plätzchen suche und mich ausweine – Leere. Eines jener endlosen Gespräche mit dir: leergelaufen, gehofft und doch verloren. Gehofft – worauf? Verloren – was? Wo bist du, wo versteckst du dich? Du musst schon sehr früh verloren gegangen sein. Ich habe dich nämlich gar nicht verloren, ich hatte dich ja noch nie, sondern immer nur deine Hülle, die ich für echt gehalten habe. Ich konnte das nicht erkennen, weil ich selbst noch eine Hülle trug. Aber ich bin hervorgekrochen, habe die Schale durchbrochen, die nie sehr dick war. Und nun stehe ich hier und ahne, wie undurchdringbar deine Schale sein muss. Sie ist die Mauer, die uns trennt: Wenn ich es geschafft habe, einen Stein zu lockern, um ihn herauszunehmen, muss ich noch aufpassen, dass du ihn mir nicht um die Ohren schmeißt. Das Leben ist Therapie, sagen manche. Ich sage, es kann aber auch einfach nur Ablenkung sein. Zumindest so lange, bis die Zeit reif ist, reif für Veränderung, um den Stein ins Rollen zu bringen: für die einen Apokalypse, für die anderen ersehnter Neubeginn. Wir müssen uns nur für die Seite entscheiden, auf der wir stehen wollen. Haben wir denn die Wahl, hast du die Wahl? Jeden Tag neu: in der alten Hülle wohnlich einrichten oder beginnen, die Steine aus der Mauer zu schlagen und Schmerzen zu ertragen. Ich möchte mich nicht klein machen, nur weil du nicht wachsen willst.

Ich schließe die Augen. Tiefe Stille. Alles und nichts. Glückseligkeit. Bis morgen früh.

10.

Tropfen rinnen die Scheibe herunter. Ruhig sitze ich da und schaue zu. Wie friedlich alles scheint. Draußen tobt das Unwetter – Blitze zucken, Donner grollt. Ich darf zuschauen und mich doch wohl behütet fühlen. Vorbei die Zeiten, da die Menschen in ihrem Zelt aus Fell hockten, zitternd vor Angst und Kälte. Vorbei? Ist es nicht egal, wovor wir Angst haben, wenn sie uns beherrscht? Nein, so einfach ist das nicht. Angst klingt nach feige sein, und das waren die Menschen damals nicht. Nein, Angst war es nicht, sondern Furcht: Ehrfurcht und große Achtung vor der Kraft, die hinter allem steht. Eine Kraft, vor der man nur niederfallen kann im Angesicht seiner eigenen Kleinheit. Schau sie dir an, wie sie abfällig und belächelnd auf die niederen Kulturen herabschauen, in ihren Büchern und wissenschaftlichen Untersuchungen. Sogar den Kindern erzählen sie belehrend, dass die Menschen von damals halt noch nicht so viel wussten wie wir heute. Heute wissen wir, dass ein Blitz Energie hat und der Donner mit der elektrischen Entladung zusammenhängt. Sieh mal, wie schlau du bist! Man muss sich schon schämen bei so viel Dummheit.

Aber nein, das kann man ja nun nicht sagen, dass wir dumm seien. Nein, das ist es nicht. Es ist eine Krankheit, die so alt wie die Menschheit ist – Hochmut. Und er kommt deshalb vor dem Fall, weil er aus der Angst gespeist wird, die sich ihre Kleinheit nicht eingestehen und anschauen will, ihr ist eine überdimensionale Hülle lieber anzusehen. Doch die wird platzen, irgendwann.

Die Tropfen rinnen immer noch und ich fühle, dass es egal ist, ob ich im Fell-Zelt sitze oder hier hinter der Scheibe. Das Einzige, was wichtig ist, ist die Wahrhaftigkeit, kompromisslos ehrlich auch in meine Abgründe zu schauen. Was, wenn Gott von mir Unmögliches verlangen würde – zu töten? Jetzt ist's so weit, die Grenze zum Wahnsinn, zur Realität ist erreicht. Kann man das aushalten? Lies nach, es steht geschrieben die Geschichte von Abraham, der seinen Sohn Isaak, den liebsten, töten soll. „Ja, sooo ist das natürlich nicht gemeint!", rufen die Priester. Aber ja doch, dass es so nicht gemeint ist, erfährt Jakob ja erst, als er seinen Sohn, ein Kind noch, fast schon mit dem Messer durchbohrt hat. Und Gott spricht zu ihm, als er sich wirklich sicher ist, dass Jakob zustechen wird. Siehst du, es geht, ich kann alles von dir verlangen und der Zweck heiligt die Mittel. Auch wenn diese Wahrheit unbequem ist.

„Ist doch nur ein Gleichnis, das darf man nicht wörtlich nehmen!", sagen sie. Ist die Inquisition auch ein Gleichnis, die Hexenverbrennung, Folter und Intrigen? Darf man das auch nicht wörtlich nehmen, es ist ja nicht auszuhalten. „Kinder, Kinder!", ruft Gottvater. „So ein Theater. Ist doch nur ein Spiel. Nicht sieben Leben, ich habe von Ewigkeit gesprochen, geht halt nicht rein in euren Kopf, versucht's noch mal, im nächsten Leben!" Ja, das klingt doch verlockend. Was würde ich denn in meinem nächsten Leben anders machen? Ich schwelge in Gedanken, Bilder tauchen auf von Sehnsüchten und Träumen. Ich durchlebe sie und nehme erste Gefühle wahr. Immer realer wird der Bezug zur Gegenwart. Nein, ich warte nicht bis zum nächsten Leben. Morgen fange ich an, mein neues Leben aufzubauen. Was brauche ich dafür? Den an Gewissheit grenzenden Glauben, dass ich Berge versetzen kann.

11.

Heute habe ich den Abend für mich allein. Nur meine Zeit. Teilhaben an der Welt, Zeitung lesen, Nachrichten sehen.

Immer wieder geschehen Dinge, die für uns Menschen unfassbar sind und unglaublich, die uns sprachlos machen. Sprachlos in einer Welt, in der sonst ständig gesprochen wird. Was wäre die Politik ohne Sprache! Aber gerade Politiker sind es, die bei gesellschaftlichen Schicksalsschlägen zuallererst von Sprachlosigkeit und Fassungslosigkeit sprechen, wenn sie das Wort ergreifen und vor die Kameras treten. Gerade dann, wenn Menschen in Not sind, nach Halt suchen, machen sie die Erfahrung, dass die Welt, die wir uns erschaffen und die andere erschaffen, nicht wirklich trägt. Trägst du? Mich? – Stille. Nein, du trägst mich nicht, denn dann wäre ich abhängig von dir. Und das hast du mir versprochen, dass wir frei sind. „Liebe ist ein Kind der Freiheit.", hat Juliane Werding mal in einem Interview gesagt. Mein Gott, ist das lang her. Ich habe damals jedes Wort aufgesogen in meiner Unfreiheit und habe mich in ihren Worten frei geschwommen, eine neue Welt aufgebaut, Stück für Stück. Gierig nach jeder neuen CD, Labsal für meine Seele, die schlief und schweigen musste und unsagbar traurig war. Wie ein kleines Kind trage ich sie in mir, wiege sie in meinem Arm, beruhige, spende Trost und Wärme und sehe zu, wie sie wächst und gedeiht – wunderschön. 6 Jahre ist sie nun und wer wird einmal daraus werden?

Ein leiser Windhauch streift mich. Ich schließe meine Augen und lasse mich streicheln, nur nicht aufwachen, jetzt nicht.

12.

Zypressen säumen die Straße. Sanfte Hügel streifen das Auge. Erdfarbene Häuser streicheln die Seele und lassen sie weit über das Land schweben – Sehnsucht. Aber wonach? Unsere Hochzeitsreise hatten wir damals in dieser Gegend verbracht. Mein Gott – wie lange ist das her! Du bist ganz anders, ich bin ganz anders. Ganz und anders? Jeder auf seine Weise, jeder auf seinem Weg. Noch mal schaue ich hinaus, lasse meinen Blick schweifen. Er bleibt an einem Hügel hängen, auf dem eine jener alten Villen steht, die so einsam, idyllisch und doch etwas unheimlich scheinen, immer die Fensterläden zu, als hätten sie etwas zu verbergen. Lange schaue ich dorthin und auf einmal spüre ich eine starke Anziehungskraft. „Komm zu mir!", klingt es von dort her. Eine ferne Angst steigt in mir auf und nimmt mich gefangen. Ich fühle, dass ich mich ihr stellen muss. Noch heute Abend.

Die tiefe Gewissheit, dass noch nicht jeder Berg erklommen, nicht jeder Abgrund erstürzt und nicht jeder Tod gestorben ist. Was nützt es mir, dass ich schon durch Tausend Feuer gegangen bin und mich hundertmal selbst verloren habe, um mich zu finden? Es erscheint immer aufs Neue unerreichbar fern, unmachbar schwer. Nicht schon wieder, wohin denn noch? Ich will nicht mehr. „Doch!", fallen mir plötzlich Daniels Worte ein. „Weil es mich gibt!" Ja, schon lange ist er mir nicht mehr begegnet. Beim letzten Mal sagte er: „Aber jetzt möchte ich allein sein." Seltsam befremdlich, wo er doch meine Nähe suchte, einfach da war wie aus einer anderen Welt, unerreichbar fern und doch so nah, als würden wir uns schon lange kennen. Unsere Begegnungen erscheinen mir wie im Nebel, unklar, aber frei, immer darauf bedacht, dem anderen nie zu nah und doch unendlich nah zu sein. Ja, irgendetwas war anders, als er diese Worte sagte. Allein sein, ist es das, was ich auch gerade brauche?

Ein Blick hinüber zu jenem Hügel reißt mich aus meinen Gedanken, die mich für eine Weile entführten. Und nun steht sie wieder da, diese Mauer, undurchdringlich und fordernd. Ich weiß, sie wird da bleiben und mir meinen Weg verstellen, bis ich sie überwunden habe.

Es ist Nachmittag, die Sonne scheint angenehm warm. Ich werde einen Spaziergang und mich bereit machen, wieder einer neuen Wahrheit zu begegnen. Der Blick ist frei und ich gehe auf Sicht, immer den Hügel im Auge, zunächst auf der Landstraße. Ab und zu fährt ein Auto vorbei. Angenehme Düfte machen mich leicht und lassen mich spüren, dass ich fernab des Alltags bin, und beschwingt gehen die nächsten Schritte. Plötzlich steht dieser Satz vor mir: „Frauen und das Wetter kann man nicht beherrschen.", den mein Tischnachbar im Hotel heute Morgen sagte.

Es wird etwas frischer und ich denke, das kommt mir entgegen, da es nun etwas steiler bergauf geht. Hätte ich mich umgedreht, wäre ich sicher nicht weiter gegangen, denn bedrohlich dunkle Wolken ziehen von hinten herauf und verheißen nichts Gutes. Endlich sehe ich links von mir die Villa zwischen Oliven und Zypressen. Die Landstraße führt jedoch sichtbar lange geradeaus. Irgendwo muss ein Weg nach links gehen, denke ich und sehe etwas entfernt ein Schild „Villa D." nach links weisen. Kein Mensch kürzt hier Villennamen ab, aber ich bin Begegnungen dieser Art fast gewöhnt und mir fallen die Lindenblätter ein, auf der Bank. Ganz erleichtert, vielleicht Daniel wieder zu sehen, biege ich in den Weg ein: eine dunkle Allee, wie so viele Zufahrtsstraßen hier, aber diese Bäume stehen besonders dicht und hoch. Sonst hätte ich nämlich spätestens jetzt die dunkle Wolkenwand wahrgenommen, die immer näher kommt. Die Villa scheint doch nicht so verlassen. Das Tor steht offen, fast öffentlich wirkt der kleine Parkplatz, auf dem ein neuerer Fiat steht, silberfarben mit deutschem Kennzeichen. Ich komme nicht mehr dazu, die Herkunft des Autos genauer zu identifizieren, denn auf einmal krachen Blitz und Donner fast zeitgleich aufeinander. Ich blicke auf und erkenne die Wolkenwand. Wie gelähmt bleibe ich stehen und mein

Herz krampft sich zusammen. Regen prasselt los und ich in T-Shirt und Sandalen! Ohne zu überlegen, gehe ich zur Tür. Ich finde keine Klingel und drücke die Klinke – offen. Der Empfangsraum ist groß, aber ich würde ihn nicht als Eingangshalle bezeichnen. Er ist angenehm beleuchtet und so kommt mir nicht in den Sinn, dass ich eigentlich im falschen Film bin, sondern einfach nur in komische Umstände verstrickt. Mir fällt auf, dass der Raum gar nicht barockkirchenartig überladen ist, sondern einfach nur dezent farbig gestrichen. Stuckelemente zieren die Decke, helle Holzmöbel geben dem Raum Gestalt und eine Statue von Michelangelos „David" steht auf einem kleinen Sockel. Keine schweren Vorhänge oder Stoffe hängen an Fenstern und Wänden, sondern leichte und durchsichtige pastellfarbene Gardinen, mediterran. Da donnert das Gewitter wieder krachend und durchzuckt die Stille. Der Schreck fährt mir durch alle Glieder. Draußen tobt das Unwetter, aber hier drinnen scheine ich in einer anderen Welt zu sein. Eine Treppe führt nach oben. Mein Blick folgt den Stufen und bleibt oben stehen: Daniel. Erleichterung macht sich in mir breit. Ich trete näher und schaue ihn an. „Daniel!", rufe ich plötzlich erschrocken. Ich sehe in düster blickende Augen. „Daniel, was ist los?", frage ich leise und ängstlich. Dieser Blick zieht mich in Abgründe, ein Zittern erfasst meinen ganzen Körper. Was ist los, wo bin ich? Meine Gedanken kreisen. Daniel kommt langsam die Treppe herunter. „Bleib stehen!", höre ich mich rufen und verstehe mich selbst nicht. „Du weißt es, nicht wahr?", sagt Daniel. Tränen treten mir in die Augen. „Bitte tu mir nicht weh!" „Du hast es schon immer gewusst?", fragt Daniel und kommt langsam näher. „Nein, was denn?" Ich schaue ihn an. Mein Blick gleitet von oben an ihm herab und bleibt an seinem Gürtel hängen. Wie gebannt starre ich darauf und plötzlich tauchen Bilder vor mir auf: Ich liege am Boden. Daniel, zwar anders aussehend, aber doch für mich deutlich erkennbar, steht vor mir. Ein Messer blitzt in seiner Hand. Mein ganzer Körper zittert vor Angst. Es ist dieser Gürtel, den er jetzt langsam öffnet. „Nein!", schreit es lautlos in mir. Ich schaue ihn an. Finstere, machtbesessene Augen sehen gierig auf mich herab.

Vor Schmerzen aufbäumend wende ich mich ab, unsagbar tief hat dieser Blick mich getroffen. Ich halte es kaum aus und schließe meine Augen. Doch in diesem Moment kommt tief innen aus mir ein Licht, zuerst ganz klein und von weit her, doch immer stärker strahlt und erfüllt es mich. Mein Körper wird plötzlich ruhig, alle Angst entweicht und in dieser strahlenden Kraft öffne ich meine Augen wieder, stelle mich langsam vor ihn hin und schaue ihn an. „Bitte tu mir nicht weh.", sage ich sanft und für einen Moment verändert sich sein Blick. Er wirkt verunsichert, so als hätte ich ihn an etwas erinnert, das weit zurückliegt. Doch schon verfinstern sich wieder seine Augen und er versucht, seine Hose zu öffnen. Ich nehme es wahr, doch immer noch durchflutet mich dieses Licht. Ich schaue tief in seine Augen, so, als müsste dort noch etwas anderes zu finden sein. „Daniel", flüstere ich. „Ich heiße nicht Daniel!", dröhnt es zurück. Und wie zur Verstärkung ist wieder ein lauter Donnerschlag zu hören. „Daniel!", sage ich etwas lauter und berühre sanft seinen Oberarm. Fast erschreckt von dieser Berührung weicht er etwas zurück. Wieder diese Verunsicherung in seinen Augen. „Ich werde dir heute Nacht meine ganze Liebe schenken, die ich habe, aber bitte nicht so." In seinen Augen ist plötzlich ein feuchter Schimmer zu sehen. Ich trete dicht an ihn heran und küsse zärtlich diese Augen. Und wirklich erfüllt mich eine tiefe Liebe, die mich ihn an der Hand nehmen lässt. Ich führe ihn die Treppe hinauf und bin doch selbst geführt von einem hellen Licht. Tatsächlich öffne ich eine Tür, die zum Schlafzimmer führt. Ein großes Bett steht da unter einem Baldachin. Schwere Stoffe hängen an Fenstern und Wänden. Sanft verschwinden wir zwischen Kissen und Decken. Ein einziger Rausch umgibt uns.

Die Bilder entschwinden im Nebel und münden im Meer der Sinne.

Dunkelheit. Neue Bilder tauchen auf. Ich sehe mich erwachen. Ungläubig schaue ich um mich, die Kleider verstreut neben dem Bett. Er liegt neben mir und schläft tief und fest. Das erste Morgenlicht scheint durchs Fenster, nirgends eine Uhr, wie in längst vergangenen Zeiten. Ich stehe auf und ziehe mich leise an. Ungewohnte Kleider mit Rüschen an den Ärmeln. Leise gehe ich nach unten und schaue mich im Hof um. Die Blätter an den Bäumen tropfen noch vor Nässe, erfrischende Luft belebt mich. Da sehe ich den Stall und finde ein gesatteltes Pferd. In diesem Moment höre ich, wie er polternd die Treppe herabstürmt. Nackte Angst erfasst mich. Ich schwinge mich aufs Pferd, treibe es an und schaffe es gerade noch, ein paar Meter entfernt an ihm vorbeizureiten und zu fliehen. Seine finsteren Blicke spüre ich in meinem Rücken.

Der Film vor meinen Augen ist zu Ende, langsam kehre ich zu mir zurück. Ich sitze auf dem Bett im Schlafzimmer, Daniel ist vor mir auf die Knie gesunken und völlig in sich gekehrt. Ein Schaudern erfasst mich, aber ich spüre keine Angst. Es ist vorbei. Ich schaue mich um, kein Baldachin, keine schweren Vorhänge. Plötzlich spricht Daniel, noch immer in sich versunken: „Ich hatte so gehofft, es dir ersparen zu können, aber das Schicksal ist unerbittlich." Nun hebt er seinen Kopf und schaut mich an, Tränen rinnen an seinen Wangen herunter. „Ich wollte dir alles nehmen und du hast mir alles gegeben." Ich beuge mich zu ihm herab, nehme seinen Kopf in meine Hände und lege ihn auf meinen Schoß. Er beginnt zu schluchzen wie ein kleines Kind und ich spüre seine heißen Tränen auf meinen Oberschenkeln. „Daniel", sage ich sanft und streiche mit meiner Hand über seine Haare. Sie sind unsagbar weich. Ich möchte ihn gern ganz nah spüren und lege meinen Kopf auf seine Haare. Meine Augen fallen langsam zu und wir versinken in der Ewigkeit.

Ein fernes Grollen holt mich wieder zurück. Ich erwache wie aus einem anderen Leben. „Ja", sagt Daniel, „wir waren in einem anderen Leben. Ich weiß nicht, wie viele Jahrhunderte es her ist. Eines Morgens bin ich erwacht aus diesem schrecklichen Traum mit der Gewissheit, dass er einst Wirklichkeit war und der Schlüssel für die Suche in meinem Leben sein würde. Tagelang bin ich durch die Landschaft gezogen und keiner Menschenseele begegnet. Solch eine Einsamkeit hatte ich noch nie erlebt. Grausam quälten mich die Bilder, die immer wieder vor mir auftauchten. Gleichzeitig marterte mich der Gedanke, dass nichts so grausam sein kann wie das, was ich dieser Frau angetan habe, antun wollte. Eines Tages kam ich zu dieser Villa. Ein Unwetter zog herauf und ich suchte Unterschlupf. Die Tür stand einen Spalt offen und ich ging hinein. Ich blieb unten an der Treppe stehen und plötzlich stand ich mir gegenüber, sah in meine Augen, die doch nicht meine Augen waren und wusste, wo ich war und dass hier eine wichtige Begegnung stattfinden würde. In diesem Moment verschwand die Gestalt und auf einmal wurde mir klar, dass dieser Mann mich noch immer beherrscht, eine geheimnisvolle Macht auf mich ausübt und dass die Zeit gekommen war, mich von ihm zu befreien. Ich ging nach oben und trat ins Schlafzimmer. Alles war frisch und unberührt. Ein unbändiges Verlangen nach dieser Frau erfasste mich. Ich legte mich aufs Bett, schloss die Augen und weinte. Die ganze Nacht lag ich dort und schlief unruhig, während draußen das Gewitter tobte. Irgendwann fiel ich in einen tiefen Schlaf, von dem ich bis heute nicht weiß, wie lange er gedauert hat. Jedenfalls erwachte ich eines Morgens. Eine Hand strich sanft über meinen Kopf, während ich auf dem Boden kniete. Ich spürte, dass ich diese Frau jetzt nicht sehen durfte. Sie strahlte eine große Wärme aus und ich sank in eine tiefe Entspannung. Ich sah, wie ein Engel meine Hand nahm und mich auf meinen Weg führte, von dem ich abgekommen war. Dort angekommen, ließ die Engelsgestalt mich los und ich stand ganz allein. Ich sah zurück und erblickte einen tiefen Abgrund hinter mir. Wenn ich ihm jetzt zu nahe käme, würde er mich hinabziehen und alles wäre verloren. Ich kniete nieder und betete: „Herr, vergib mir meine Schuld." Eine Stimme sprach zu mir: „Gehe deinen Weg und lass dich von mir führen, du hast mich gefunden und ich habe dich gefunden. Gib mir Raum in deinem Herzen und lass dich von meiner Kraft erfüllen." „Dein Wille geschehe.", flüsterte ich. Lange noch kniete ich vor diesem Abgrund und auf einmal spürte ich, wie mein Herz sich weitete und tief erfüllt wurde von einer Wärme und Stärke, wie ich sie nie zuvor erlebt hatte. Ein unbeschreibliches Glücksgefühl strömte durch meinen Körper, meine Seele. Es war mein ganz persönliches Pfingsterlebnis.

Von da an war ich ein neuer Mensch, konnte die Gedanken und Gefühle anderer wahrnehmen und war endlich ich selbst. Ich hatte mir ins Gesicht geschaut, in mein wahres Gesicht. Ich sammelte die Scherben ein, räumte auf, brachte mein Leben in Ordnung, 7 Jahre lang. Ruhe kehrte ein, Gelassenheit. Ich lernte, meine innere Stimme wahrzunehmen und ihr zu folgen. Insgeheim fühlte ich, dass die neue Kraft, die mich erfüllte, auch von jener Frau herkam, mit der mein Schicksal fest verbunden ist. Manche Nacht fühlte ich sanft ihre Hand über mein Haar streichen und erwachte morgens glücklich, denn ich fühlte, sie ist mir nah und es wird eine Zeit kommen, in der wir uns neu begegnen werden. Nichts wird so sein, wie es einmal war. Jedem Tag sehe ich mit Freude entgegen, denn ich bin nicht mehr allein."

Wie er so zu mir spricht, bin ich tief berührt, fast beschämt. So viel Wahrheit, so viel Gefühl, Wärme und Liebe. Mir wird auf einmal bewusst, dass ich auch noch Scherben sammeln, aufräumen und ordnen muss. Plötzlich bin ich traurig, tieftraurig. Alle Energie scheint aus mir zu fließen, wer bin ich wirklich? Wer war ich? Daniel schaut mich an. Ein nie gekanntes Gefühl steigt in mir auf. Ich möchte mich einfach nur ergeben, ihm meine Hand reichen und mich führen lassen, unendlich viel Vertrauen habe ich zu ihm. Ich schließe meine Augen und lasse den Tränen freien Lauf. Ich spüre seine Hand unter meinem Kinn. Leicht hebt er meinen Kopf. Ganz nah ist er, als ich die Augen öffne, ich sehe in eine wunderschöne Welt voller Leben und Liebe. Seine Lippen kommen näher und berühren mich leise. Für kurze Zeit spüre ich das Gewitter in mir, welches sich in einem wohligen Beben auflöst. Daniel schaut mich glückselig an und lächelt, so wie ich ihn oft habe lächeln sehen, als alles noch ganz anders war zwischen uns. „Du hast einmal zu mir gesagt, dass wir unabhängig voneinander sind, aber wenn das Schicksal uns verbindet, dann ist es doch nicht so." „Uns verbindet die Vergangenheit und sie führt uns immer wieder zusammen, wenn wir das wollen. Aber jetzt sind wir frei, denn wir wissen, was geschehen ist. Wir wissen aber nicht, was geschehen wird. Ich fühle eine große Sehnsucht in mir, und wenn die Zeit reif ist, wird sie sich mit deiner verbinden und auflösen im Meer der Sinne." Daniel verneigt sich tief vor mir, lächelt und geht. Seltsam entrückt schaue ich ihm nach. Mein Gott, was für eine Kraft. Ich höre ihn langsam die Treppe hinuntergehen, durch den Eingangsraum und leise die Tür schließen. Die Steine knirschen unter seinen Schuhen. Langsam stehe ich auf und gehe zum Fenster. Der Fiat rollt gerade durchs Tor und verschwindet bald vorne an der Kreuzung. Auch ich gehe die Treppe hinunter, durch den Eingangsraum, die Tür, den ganzen Weg zurück und ich weiß, hierher werde ich nie mehr zurückkehren.

13.

Mein Flugzeug landet und ich lebe zwischen den Welten. Die eine trage ich tief in mir, die andere nehme ich um mich herum wahr. Wann werden sie sich endlich verbinden und damit meinen Trennungsschmerz heilen? „Wenn die Zeit reif ist.", höre ich Daniel sagen. Und ich weiß, er ist da und ich bin nicht mehr allein.

„Und, wie war's?", werden sie mich fragen. Auch nicht die leiseste Veränderung werden sie in meinen Augen wahrnehmen, so wie sie noch nie Anteil an der Welt tief in mir hatten, haben wollten. Oft habe ich davon erzählt, was mich bewegt und nur Ignoranz oder ein Belächeln zur Antwort bekommen, dabei hätte ich sie auch zu ihrer eigenen Welt führen können. Manchmal gibt es diese Augenblicke im Gespräch mit anderen Menschen, die tief berührt von meinen Worten Tränen in den Augen haben. Dann weiß ich, wir sind uns in der anderen Welt begegnet. Doch ich habe gelernt, dass die Menschen frei sind, egal wie sie sich entscheiden, dass man sie achten muss, denn jeder hat sein eigenes Schicksal in seiner eigenen Welt. Und nur die eigene kann und darf man verändern.

„Und, wie war's?", fragst du mich. „Ja, schön." Und ich merke, dass ich dich nicht anschauen darf, nicht zu lange, zu tief kann ich in fremde Welten sehen und es gibt Blicke, die mich dort hineinziehen und nicht mehr zurücklassen wollen in meine eigene Welt, aus Angst vor dem Alleinsein. Früher habe ich dich genährt damit, dass ich viel zu oft und zu lang bei dir war. Bis ich bemerkte, dass mein Glück und mein Leben davon abhängen, ob ich in *mir* wohne. Doch da war es schon zu spät, du meintest, es mir wohnlich genug in deiner Welt eingerichtet zu haben. Und du nimmst mir übel, dass ich lieber in mir wohne, wohnen muss, um zu überleben.

14.

Frei sein, der Urtraum der Menschheit. Frei wie im Paradies? Nein, nicht im Dunst der Ahnungslosigkeit, sondern im Bewusstsein der Dinge, die wir nicht tun sollen, aber aus der Erfahrung heraus, dass wir sie getan haben. Denn die Frage nach dem Warum ist eine der ersten, die Kinder stellen. Es steht aber auch geschrieben: „Euch steht es nicht zu, Zeiten und Fristen zu erfahren, die der Vater in seiner Macht festgesetzt hat. Aber ihr werdet die Kraft des Heiligen Geistes empfangen, der auf euch herabkommen wird." Ja, wann ist es so weit: die Frage, die mich Geduld lehrt und loszulassen. In deine Hände lege ich meine Zeit. Ich blicke zurück und sage, es wird immer besser, klarer. So schön es ist, von einer glücklichen Kindheit zu zehren, es tut auch gut zu sagen: „Ich bin froh, dass es vorbei ist."

Ich sehe mich zurückgehen, kleiner werden, immer kleiner. Wie lange bleiben die Augen offen, das Bewusstsein klar? Immer jünger werde ich: Kleinkind, Baby. Irgendwann umgibt mich völlige Dunkelheit, äußere. Aber in mir ist das Leben. Ich fange an zu lachen, unbändig, unbeschwert und glücklich. „So soll es sein, so kann es bleiben …" Aber von wegen, schon ist der Zeiger in Bewegung, die Zeit steht nicht still. Vorwärts geht es, ich fühle, was auf mich zukommt, wenn ich draußen bin. Ein gequältes „Oh nein!" kommt über meine Lippen. „Lass diesen Kelch an mir vorübergehen!", bitte ich. Doch unaufhaltsam geht es weiter. Ich spüre, genau da muss ich mitten hinein. Alles geht so schnell. Mir bleibt keine Zeit mehr zu sagen: „Aber nicht, was ich will, sondern was du willst, soll geschehen." Mit der Landung auf Erden kommt die Umnachtung, Gott sei Dank. Erst mal Ruhe. Ruhe vor dem Sturm.

15.

Der Wolf streift durchs Revier. Wenn er satt ist, legt er sich faul aufs Ohr. Ein Platz in der Sonne ist ihm genehm. Wie tot liegt er da. Ein entferntes Heulen seiner Artgenossen zeigt ihm, er ist nicht allein im Wald. Wann wird der Hunger ihn wecken, seine Augen gierig zusammenkneifen und die Ohren spitzen lassen? Seine Muskeln werden sich anspannen, die Konzentration ist ganz auf jedes Geräusch, jeden Geruch gerichtet. Irgendwann leuchten seine Augen, er nimmt Witterung auf. Der Jagdinstinkt erwacht. Ein Vibrieren geht durch seinen Körper. Da, zwischen den Bäumen huscht es, bleibt reglos stehen, läuft weiter – sein Opfer. Kimme und Korn in seinen Augen werden ausgerichtet, langsam nähert er sich, Schritt für Schritt, geräuschlos. Fast zum Greifen nah, doch er weiß, dass nun die alles entscheidende Phase beginnt. Es hängt vom richtigen Moment ab. Er kann warten – bis er die innere Stimme zum Angriff vernimmt. Nichts kann ihn mehr aufhalten. Der Countdown läuft. Schon springt er los, seine ganze Kraft erfüllt seinen Körper, sie sprengt in jeden Winkel seines Fleisches, er ist ganz eins mit sich selbst: der Jäger. Sein Auge hat das Opfer fest im Griff, es wird erst loslassen, wenn sich seine Zähne tief im Fleisch festgebissen haben. Der Kiefer spannt, das Opfer wehrt sich zum letzten Mal. Er drückt es zu Boden, bis es reglos liegen bleibt. Ruhe, Entspannung, Hunger stillen, tiefe Befriedigung. Und der Kreislauf beginnt von Neuem.

16.

Das kleine alte Haus mit Garten, es hat mir sofort gefallen. Ich wusste: gesucht, gefunden. Morgens erwache ich mit der Freude, das nächste Projekt in Angriff zu nehmen. Den Fußboden z.B. Ein Zimmermann hat mir einen ganzen Baumstamm in Scheiben zersägt. Damit habe ich meinen Fußboden ausgelegt und die Zwischenräume in liebevoller Kleinarbeit gefüllt, farbig: rot. Die Lotosblüte fällt mir ein. Gedankenversunken halte ich inne. Eine tiefe, wärmende Liebe erfüllt mich. Ich schließe die Augen und atme langsam ein. Ein Duft von Jasmin liegt in der Luft. Wirklich? Egal, ich rieche ihn.

Ich gehe in die Küche und mache mir einen Cappuccino. Sie ist klein, ich brauche nicht viel. Alles ist da. Die Maschine stampft, es duftet. Ich nehme die Tasse, ein Geburtstagsgeschenk. Psalm 23 „Der Herr ist mein Hirte, mir wird nichts mangeln …" steht drauf. Ich lese ihn ganz durch, und sie ist mir nah. Überhaupt empfinde ich die tiefste Liebe zu manchen Menschen, wenn sie weiter weg sind. Nähe ist allzu oft verführerisch: die Grenzen zu überschreiten, Distanzen nicht zu wahren, ein Nein falsch zu verstehen oder aus Trotz dagegen anzukämpfen. Ich möchte mich nicht in Kämpfe verwickeln lassen, die mich nichts mehr angehen. Aber ich weiß, manche gehen mich noch etwas an. Ich kämpfe auf meine Art: unabhängig machen, loslassen. Wenn ich die Menschen in ihre eigene Freiheit und Verantwortung entlasse, passieren oft die erstaunlichsten Dinge. Nie gekannte Ängste tauchen bei ihnen auf und heilen ihren Hochmut. Traurigkeit und Tränen werden sichtbar und führen zu neuer Achtung.

Ja, ich bin in dieses Haus gezogen, weil ich meinen Raum brauche, in den du nicht einfach nach Feierabend reinschneist und da bist, egal was gerade war und wie ich mich fühle. Du kommst mit deinem ganzen Tag in meine kleine, mühsam geordnete, liebevoll gestaltete und seelisch erfüllte Welt und plötzlich weht ein kräftiger Wind. Vieles ist so zart und leicht, dass es völlig durcheinandergewirbelt wird. Für dich nicht wahrnehmbar, doch ich ringe nach Luft. Nein, wenn du kommst, möchte ich den Raum für dich geschaffen haben, frei für dich sein und nicht einfach so verfügbar. Ja, ich möchte, dass du mein Gast bist, wenn du in mein Haus kommst, auf meiner Terrasse sitzt, einen Kaffee serviert bekommst oder nachts neben mir schläfst. Ich möchte sagen können „Bitte lass mich jetzt allein!", wenn mir danach ist.

17.

Mama: Ein Wort, das dir unangenehm wäre, aus meinem Mund zu hören. Ich weiß, zu sehr würde es an deine Wunden rühren, die du so sorgsam verschlossen hältst. Mama: Ein Wort, das mich tief erfüllt, wenn ich gemeint bin, in mir ungeahnte Kräfte frei werden lässt, wenn du bis an meine Grenzen gehst und mich herausforderst, ich selbst zu sein und zu werden. Dieses große Werk, das du täglich leistest, mir dich und damit mich selbst zu schenken. Du warst mein letzter Wunsch und hast mir so viele neue Wünsche eröffnet, die noch ein ganzes Leben lang reichen. Kind Gottes.

18.

Ich sitze im Liegestuhl und schlürfe am Kaffee. Mein Blick schweift durch den Garten. Diese Urwüchsigkeit, jeder Busch, jeder Baum ein Original mit eigenem Willen, eigener Form, die ich ab und zu mitgestalte, wenn ich zur Gartenschere greife. Es ist eine ganz besondere Kommunikation, ein erfüllendes Miteinander der ganz anderen Art. Ich habe Weniges dazugepflanzt. Meistens streife ich durch das Gelände und schaue, was so alles wachsen will. Manches hat der Wind gebracht, anderes ein Tier – unzählige Wege. Das, was bleibt, ist willkommen. Die lila Glocken-Blumen auf den dünnen langen Stielen biegen sich nach unten. So schön leuchtet ihre Farbe zwischen den grünen Blättern des Haselstrauches. Ich hole einen Stock, spitze ihn und stecke ihn daneben in die Erde. Ein grünes Band hält nun die Blumen gerade. Stolz und aufrecht stehen sie und verbreiten ihre Freude.

Mein Kaffee ist kalt geworden. Weniger einladend steht jetzt der Liegestuhl. Das kräftig farbige Leinentuch auf dem Tisch schaukelt im Wind. Ein uralter Hauch von ganz weit her berührt mich. Ein unbekanntes Gefühl steigt in meinem Bauch empor. Mitten auf der Wiese bleibe ich stehen und schaue in die Richtung, aus der der Wind kommt. Da steht er, weit weg. Ein kleiner Junge mit blondem Haar, blass, aber Liebe-voll. Ja, er hat immer noch einen Platz in meinem Herzen. Aber so nah wie jetzt habe ich ihn noch nie erlebt, oft nur als ferne Erinnerung. Wir waren zusammen in der ersten Klasse. Verloren und allein in einer fremden kalten Welt und doch gewärmt und verbunden in der eigenen. Ich kann mich an keine konkreten Begegnungen mit ihm erinnern. Aber ich weiß, eines Tages war er nicht mehr da und ich habe ihn vermisst. Meine Mutter erzählte, es hätte einen Autounfall gegeben. Ich konnte das noch nicht verstehen und solche Themen wurden immer schnell beendet, noch bevor ich richtig eingetaucht war. So nahm ich es mit in meine kleine Welt als blinden Fleck. Niemand sprach mehr von ihm, spurlos verschwunden ohne Erinnerung. „Du hast mich nicht vergessen.", höre ich ihn sagen und er lächelt. Fast erinnert mich dieses Lächeln an Daniel. „René", sage ich, „René Walter?" Ich weiß nicht, wie dieser Name und das Gesicht so lange in mir weiterleben konnten, aber sie sind da. Ich gehe ein Stück auf ihn zu und mit jedem Schritt werde ich kleiner und jünger. Als ich bei ihm angekommen bin, stehen wir voreinander wie damals, aber mit einem anderen Bewusstsein. Wir wissen, dass wir gerade in einer anderen Zeit sind und bald wieder zurück müssen. Ich nehme seine Hand, sie ist kalt und er schaut mich mit großen Augen an, fast ängstlich. Mir treten Tränen in die Augen. Ich habe sie damals nicht geweint. „Ich bin immer noch da, nur nicht so, wie du mich kennst.", sagt er. „Wir sind alle weitergegangen.", und er nimmt mich fest in seine Arme. Ich schließe die Augen. Vor meinem Inneren spielen wir zwei Kinder. Wir tanzen auf einer Wiese zwischen wilden Blumen. Die Sonne lacht dazu, alles dreht sich. Glückliche Zeit.

Plötzlich spüre ich seine Arme schwächer werden, sie rutschen von meinen Schultern. Er sinkt matt zu Boden, während ich versuche, ihn festzuhalten. Er schließt seine Augen mit einem Lächeln. Ein tiefes Schluchzen erfüllt mich und schüttelt meinen ganzen Körper. Neben ihm im Gras lasse ich mich nieder. Ich streiche sein Gesicht, so lieb sieht es aus, aber ich muss ihn gehen lassen. Lange schaue ich ihn an und trinke seine Gegenwart.

Der Wind nimmt zu und weht Blätter von den Bäumen, mehr und mehr fallen auf ihn und decken ihn sanft zu. Nirgends sonst auf der Wiese liegt auch nur ein einziges Blatt, denn es ist Frühsommer. Weinend schaue ich zu, wie seine Gestalt mehr und mehr verschwindet. Ganz in mich gekehrt und voller Trauer stehe ich auf. Ewigkeiten ziehen an mir vorbei, ich muss wieder zurück.

Die Dämmerung bricht an, und ich habe Gänsehaut. Es ist kalt. Ich stehe mitten auf der Wiese, mein Garten sieht aus, als wäre nichts geschehen. Langsam und müde gehe ich ins Haus. Ich setze mich auf die Couch, tiefe Ruhe erfüllt mich und Dunkelheit.

Mitten in der Nacht komme ich wieder zu mir. Eine Kerze brennt und verbreitet sanft ihr warmes Licht. Lange schaue ich dort hinein. Ich sehe ein Grab, schlicht, nur der Vorname steht auf dem Stein: René. Das ist alles, was bleibt auf Erden. Den Rest trage ich in mir, in Liebe.

Ich stehe auf, lösche die Kerze und gehe ins Schlafzimmer. Im tiefen friedlichen Schlaf liegt Sarah da. Ich streichle ihr Gesicht, so lieb sieht es aus. Ich lege mich dazu und falle in eine tiefe Entspannung. Alles ist gut. Ich bin wieder da.

19.

„Guten Morgen Frau Sonne, ich bin auch schon wach, gibt es heute einen Menschen, der nicht fröhlich sein mag?" Furchtbar, diese verordnete Fröhlichkeit, dieses Programm. Kinder müssen doch froh sein, sonst stimmt etwas nicht mit ihnen. Ich habe irgendwann festgestellt, dass ich mich gar nicht traue, ernst zu bleiben, wenn mich jemand anlächelt, sondern zurücklächle, auch wenn mir gar nicht danach ist. Ein uraltes Relikt aus der verordneten Kindheit. Glückliche Kinder als Therapie für die Erwachsenen. Nicht jeder, der lacht, ist glücklich, vielleicht sogar die wenigsten. Unsere Welt ist so vergiftet mit verordneter Höflichkeit, Nettigkeit. Wer traut sich, ehrlich und er selbst zu sein? Dabei ist nur das wert zu leben, sonst nichts. Was fühle ich? Stelle ich das dar, was ich bin? Ja, es gehört Mut dazu, denn es ist nicht planbar, nicht vorhersehbar. Warum sind wir so dumm, unsere Seelen zu verkaufen, nur damit wir keine unangenehmen Überraschungen erleben? Sind uns die angenehmen Überraschungen, die wir damit verspielen, so wenig wert? Besteht nicht das Glück der Kinder darin, dass sie mit den Dingen, die auf sie zukommen, gar nicht gerechnet haben? Und werden sie nicht erst dadurch zum wirklichen Er-Lebnis? Wir haben wohl Angst, dass wir, wenn wir spontan reagieren würden, nicht mehr in unser gesellschaftliches Schema passen würden. Ja nicht auffallen. Immer hübsch uniform sein. Verlorene Seelen, Tränen, die die Ozeane füllen.

20.

Wie zwei Tage mich völlig aus der Bahn werfen können! Eines Nachts fällt etwas Grippeartiges über mich her. Der Kopf brummt an allen Ecken und Enden, die Glieder schmerzen. Alles schläft, nur der Schmerz weckt mich immer und immer wieder, lässt mich aufstehen, auf der Couch niederlassen, einnicken. Der Rücken tut weh, ich lege mich wieder ins Bett, vielleicht bekomme ich noch etwas Schlaf geschenkt. Im Niemandsland, alles erscheint so sinnlos – Handlungsunfähigkeit. Das bisschen Schlaf rauben mir noch die Träume. Jetzt, wo ich schwach darnieder liege, fallen sie über mich her – alle möglichen Kräfte, denen ich sonst ganz gut standhalte: Stress, Ängste, Verlorensein, Leere. Wie die Aasgeier stürzen sie sich auf mich, als hätten sie nichts Besseres zu tun, als auf einen Moment der Schwäche zu warten und zuzuschlagen. Immer wieder ringe ich mit mir. Diese Zerrissenheit zwischen Einfach-alles-hinter-sich-Lassen und Verantwortungsgefühl. Es gibt eben Dinge im Leben, die muss man zu Ende bringen. Darf ich mir etwas wünschen? Ich schließe meine Augen und träume meinen Traum, endlich meinen. Für ein paar Stunden gerettet. Die Zeit geht weiter und es kann ja nur besser werden. Stück für Stück ziehe ich mich heraus aus dem Sumpf, übe mich in Geduld und Loslassen. Unsagbar schwer sind die ersten Schritte, aber dann wird es leichter, der Appetit kommt wieder, ich kann aufstehen, mich mehr und mehr bewegen. Es ist auch ein bisschen so, wie wenn man in ein neues Leben kommt. Bedachter geht man und verrichtet die Dinge, bewusster ist das Glück, schmerzfrei zu sein.

21.

Ich muss raus. Einfach in die Stadt. Wahrnehmen, was draußen los ist. Irgendwie hilft das Draußen, das Drinnen wieder besser zu spüren. Ich kann mich im Ganzen einordnen, bekomme Impulse. Begegnungen, und seien es auch nur Augenblicke, lassen Energien fließen. Gefühle fliegen vorbei, es geht wieder was. Ja, ich brauche die Stadt, diese Konzentration von Menschen, in die ich mich dann bewusst begebe und dadurch meine Einsamkeit vervollkommne. Jede Form von Einseitigkeit ist Gift. Kein noch so erstrebenswerter Zustand macht glücklich, wenn er dauernd herrscht.

Der Sommer vergeht langsam. Aber die Erde ist noch warm. Sie ruft mich nach draußen. Es wird schon dunkel. Im Haus ist es ruhig, alles ist versorgt, mein kleines Paradies. Auch die Vögel schlafen, die tagsüber so munter auf den Bäumen zwitschern. Eine wohlige warme Ruhe umhüllt mich. Ich atme tief ein. Die Vorhänge wehen ganz sacht. Bilder von der Villa tauchen plötzlich in mir auf. Eine tiefe Sehnsucht erfüllt mich nach dieser Nacht voller Liebe, die so grausam begann. Das Schlafzimmer erscheint nur im Nebel, als sei alles so zart und dulde keine Zuschauer. „Lass die Vergangenheit ruhen!", warnt eine Stimme in mir. Aber die Gefühle haben mich schon zu sehr in ihren Bann gezogen. Wunderbar gleiten die Körper durch die Nacht: leicht, sanft, ganz ergeben dem Hier und Jetzt. Nichts ist klar, nur eine Ahnung des Augenblicks. Ein Geräusch lässt mich die Augen öffnen. Wenige Meter vor mir steht eine engelhafte Gestalt im langen hellen Gewand, langes Haar, sanfter Blick. Sie streckt mir ihre Hand entgegen. Eine angenehme Kraft strahlt von ihr aus, ich gehe auf sie zu und lege vertrauensvoll meine Hand in ihre. „Du darfst dir etwas anschauen.", haucht die Gestalt und führt mich durch die Nacht. Sie hat ihren Mantel um mich gelegt und ich spüre nur den Wind, der uns voranweht.

Ich weiß nicht, wo wir sind, aber ich erkenne deutlich einen hellen Stein: Der Name einer Frau steht darauf, sie ist jung gestorben: 03. April 1573. Ich fühle mich seltsam berührt und knie nieder. Der Engel streicht mit seiner Hand über meinen Kopf, schließt mir sanft die Augen und ich gleite in eine tiefe Entspannung. Alles ist ganz leicht und ich fühle mich beschützt. Da sehe ich die junge Frau, es ist die Frau jener Nacht in der Villa. Sie liegt schwach im Bett, in ihrem Arm ein kleines Kind, das sie gerade geboren hat. Sie ist zu schwach, das alles zu ertragen. Sie kann es nicht, nicht in dieser Zeit, unter diesen Umständen. Nein, kein Ausweg, sie kann nicht mehr. Erschöpft sinkt ihr Kopf in die Kissen. Die Augen fallen leise zu, die Seele gleitet langsam aus dem Körper und steigt nach oben, unbemerkt von jeglicher Menschenseele. Doch nein, nicht ganz unbemerkt, denn jetzt beginnt das Kind zu weinen. Es spürt die warme Haut der Mutter nicht mehr, es sieht sie entfliehen und es braucht sie so sehr. Erst in diesem Augenblick schaut die junge Frau fast erschrocken zurück und sieht dieses flehende Wesen, das im Moment doch nur an ihr hängt, nur sie braucht. Und sie ist nicht mehr da, wird nie mehr da sein. In diesem Leben, das jetzt erst beginnt, hat es bereits das Einzige, was ihm wirklich Halt geben könnte, verloren. Doch es gibt kein Zurück, der Weg ist beschritten. Voller Liebe und Wehmut schaut die junge Frau noch einmal zurück auf ihr Kind und wendet dann voll Verzweiflung ihren Blick ab. Ein Schicksal ist besiegelt.

Fassungslos knie ich vor diesem Stein, diesem Schicksal. Nebel lässt nur die unmittelbare Umgebung erkennen, der Blick kann nicht abschweifen und entfliehen. Da kommt ein kleines Mädchen in einem langen Kleid ganz zaghaft gelaufen. Es nähert sich dem Grabstein, aber es scheint mich nicht wahrzunehmen. Es ist nicht aus der Gegenwart, befremdlich die Kleider, nackt die Füße. Ohne mich zu sehen, stellt es sich neben mich, streichelt den Stein und sagt: „Mama!" Mir treten die Tränen in die Augen. So sechs Jahre wird es wohl sein. Das Mädchen beginnt zu erzählen, dass es eigentlich nicht herkommen darf, aber es ist so gern da. Hier hat es Ruhe, kann ungehindert mit ihr sprechen. Ich streiche sanft über seinen Kopf. Es lächelt, legt ihn auf meinen Schoß und ist ganz eingehüllt in eine tiefe Zufriedenheit. Lange sitzen wir so da und auch mir fallen die Augen zu.

Als ich aufwache, liege ich in meinem Bett. Sarahs Kopf liegt auf meinem Schoß und meine Hand umschließt ihn leise. Voller Dankbarkeit schaue ich hinaus in den Garten, durch den bereits der erwachende Morgen schreitet. Erste Vogelstimmen. Heute lassen wir einfach unsere Seelen baumeln und machen es uns so richtig gemütlich. Lange liege ich so da und sehe ihr zu. Was wird sie wohl heute geträumt haben?

22.

Das Leben kann so wunderbar sein. Es gibt Momente, da ist alles in Ordnung: Ich schwebe in Raum und Zeit, nehme die Gegenwart wahr. Doch es bleibt nicht lange so. Heimweh stellt sich ein. Viele haben es sich ganz wohnlich auf Erden eingerichtet. Sie sind so fest hier verankert, dass sie sich gar nichts anderes vorstellen können, als das, was sie sehen und hören. Dabei sind wir doch alle nur für eine begrenzte Zeit auf der Durchreise und zu Gast. Wir kommen wo her und gehen wo hin. Vor und nach diesem Leben liegt die Ewigkeit, unsere eigentliche Heimat und Sehnsucht. Keine Sehnsucht kann so groß und so von Dauer sein wie diese. Kein Mensch kann sie stillen, kein Seelsorger sie heilen. Nur das Wissen um die Ewigkeit und die gewisse Rückkehr kann sie mildern und eine beginnende Ahnung, dass wichtige Aufgaben rufen, uns berufen, sie zu tun. Nicht die emsige Arbeit, der wir täglich frönen und die Leistung, die wir möglichst besser und schneller erbringen wollen. Die Bienen wissen auch nichts davon, dass sie bei ihrer Arbeit, wenn sie Blütenstaub sammeln, um Honig daraus zu machen, auch viele Pflanzen bestäuben. Unseren Apfel könnten wir nicht wachsen sehen, hätten sie nicht dafür gesorgt. So sind sie in verschiedenen Ebenen tätig, tun das eine und gleichzeitig das andere. Wie wird es erst bei uns Menschen sein? Wenn wir den Rest eines Apfels auf die Erde schmeißen, füttern wir gleichzeitig Tiere damit, und wenn wir einen Stock in die Erde stecken, könnte es sein, dass wir gerade einen Regenwurm durchbohren. Wenn wir einem Menschen in die Augen schauen, wird vielleicht eine unbekannte Sehnsucht in ihm geweckt, und wenn wir einem anderen die Hand geben, könnten wir ihn mit einer Krankheit anstecken, an der er sterben wird. Wir wissen so wenig. Und wo ist die Achtung vor den tiefen Geheimnissen des Lebens, vor dem sorgsamen Begleiten eines Kindes, vor der Einzigartigkeit der Beziehung zur Mutter, ihrer tiefen Verbundenheit zu den seelischen Geheimnissen, die sie in sich trägt und dadurch das Leben am Leben hält? Wo ist die Nabelschnur, die uns hält und nährt, dass wir nicht die Verbindung verlieren zu unserem Ursprung, dass wir nicht sterben vor Kälte, Hass und Gier? Ja, die Dinge sind nicht das, was sie zu sein scheinen, auch wenn wir das in unserem Trotz immer noch nicht wahrhaben wollen. Wann immer ein Wunder uns begegnet, wird es sofort getötet: mit Erklärungen, Begründungen und dem Zufall. Weil nicht sein kann, was nicht sein darf. Jeder ist seines Glückes Schmied.

23.

Regenzeit: Die Erde trinkt und trinkt und trinkt. Kein Ende in Sicht. Wasser in Hülle und Fülle. Die Wüste beginnt zu leben, zu erblühen. Trockenzeit: Die Erde hat tiefe Risse und ist ausgezehrt. Kein Ende in Sicht. Flirrende Hitze. Die Wüste ist leer, kaum Leben zu erkennen, Einöde. Ich möchte jetzt Regenzeit, die Fülle. „Daniel, ich möchte dich gern wieder sehen, du bist und bleibst ein Rätsel, ein wunderbares. Ich möchte es auch gar nicht lösen, denn dann wäre alles vorbei." Ich lasse die Zügel locker, lasse mich führen mit dem tiefen Wunsch in mir. Die Stadt, ja ich will in die Stadt. Ich gehe durch Straßen, die ich noch nie vorher gesehen habe, an Häusern vorbei, die mir fremd sind, in meiner Stadt! Ich achte nicht so sehr darauf, sondern versuche, ganz dicht bei mir zu bleiben, mich zu fühlen, ihn zu finden. Hier im Hinterhof ist ein hübsches Plätzchen. Ein paar Tische stehen da mit langen weißen Leinentüchern verhüllt, kleine bunte Blumensträußchen im frischen Wasser, dunkelrote Tischkarten mit Gold verziert, ein breites Band in den gleichen Farben liegt quer über den Tisch. Wiener Kaffeehaus-Stühle in gut gepflegtem Holz und mit korbgeflochtenen Sitzen. Hier möchte ich mich niederlassen – ein Ort der Kraft. Kleine Olivenbäumchen stehen zwischen den Tischen, leichte Vorhänge wehen an der Eingangstür. Aha, denke ich, und als Daniel in der Tür steht, macht sich eine tiefe Verlegenheit in mir breit. So lange haben wir uns nicht gesehen, so viel ist geschehen. Ich lächle, schaue schüchtern vor mich auf den Tisch und streiche mit meiner Hand über die Decke. Habe ich Angst vor seinem Blick? Angst, mich zu verlieren? Vielleicht ja. Gut, dass ich sitze, sonst müsste ich mich wohl festhalten. Woher diese Unsicherheit? Alles ist offen. Ja eben! Alles kann passieren, und das ist neu für mich. So offen im Hier und Jetzt jemandem so nah zu begegnen, so tief verbunden zu sein, das ist fast nicht auszuhalten. Schon steht er am Tisch: „Wollen wir einen Kaffee trinken?" Dankbar schaue ich ihn an: „Ja gern, einen Cappuccino." Er winkt den Kellner heran. „Zwei Cappuccino bitte!" „Ich weiß gar nicht, was ich sagen soll.", beginne ich zaghaft und streiche wieder über die Decke. Er nimmt kurz meine Hände, schaut mich lächelnd an und sagt: „Du musst ja gar nichts sagen." Jetzt muss ich richtig lachen. Du tust mir so gut, denke ich und sein Mund verzieht sich zu einem verschmitzten Lächeln. Der Kaffee kommt. Endlich was zum Festhalten. Ich öffne die Zuckertütchen und schütte den Inhalt in meine Tasse. Ganz langsam rieselt er durch den Milchschaum, um mit einem letzten Schwups ganz zu Boden zu gehen. Ich nehme den Löffel und rühre langsam. „Ich habe viel von früher gesehen. Das Kind. Es tut mir so leid. Was muss es durchlitten haben." „Ja, es dauert noch seine Zeit, du kannst alles wieder gut machen, ist das nicht wunderbar?", sagt er. Und ohne darüber nachzudenken, streiche ich langsam über seine Hand und schaue ihn an. Tief versinke ich in diesem Meer und die Zeit bleibt kurz stehen. „Ich gebe täglich mein Bestes, damit die Saat aufgeht und wir irgendwann ernten können." „Ich weiß.", sagt Daniel und mich durchströmt eine tiefe Wärme, sie schlingt sich um uns wie ein Band. Ich trinke den ersten Schluck. Gut tut er. „Kommst du wieder mal hierher?" Ich schaue ihn fragend an. „Zu mir, ich habe dieses Café hier eingerichtet, es ist ein wunderbarer Ort und ich habe ihn mit viel Liebe gestaltet. Frühmorgens gehe ich raus und suche die schönsten Blumen für die Tische. Alles mache ich selbst, das füllt mich ganz aus. Na ja – nicht ganz." Und jetzt wirkt er fast verlegen. Ich streiche langsam über seine Wange und plötzlich hält er meine Hand fest. „Ich bin so glücklich, trotz allem." Er legt seinen Kopf hinein, als wollte er einschlafen. Die Uhr schlägt – fünfmal. „Ich muss gehen, aber ich komme gern wieder, wenn du mich rufst." Schnell trinke ich noch ein paar Schluck. Halb leer lasse ich die Tasse stehen. Ich muss los. Wieder zurück. Daniel steht auf und hält mich fest in seinem Arm. Es nimmt mir fast den Atem. Ich spüre, dass ich ihm nicht zu nah sein darf, sein kann. Noch nicht? „Vielen Dank für alles.", sage ich schnell und gehe. Kurz bevor ich abbiege, drehe ich mich noch mal um. Er steht in der Tür und winkt.

24.

Manchmal hänge ich zwischen den Zeiten. Ich wache auf und komme nur langsam zu mir. Welcher Tag ist heute, was war gestern los? Stück für Stück gleite ich in die sogenannte Realität. Montagmorgen, der Hauptgewinn! Na ja, so schlimm ist es auch wieder nicht. Ich bin froh, dass wir morgens noch Zeit haben, in Ruhe aufzustehen, ins Bad zu gehen, zu frühstücken, Vesper für die Schule zu machen. Wir brauchen keinen Wecker morgens. Ein Luxus, den ich genieße, sooft ich daran denke. Ich möchte, wann immer es geht, der Freiheit ihren Raum lassen, damit sie ihre Freude und Energie in unseren Alltag spült, ihn zum Erlebnis und Ereignis macht. Und ich möchte mein Kind in ein Leben führen, in dem nicht zuerst die Frage steht, was wird von mir erwartet, sondern was möchte ich heute tun. So viele sind Sklaven von Erwartungen, eigenen oder anderen. Der Ausweg aus Abhängigkeiten ist oft so schwer, manchmal auch eine Frage der Zeit. Ja, manchmal muss man warten können. Ich blicke zurück auf mein bisheriges Leben. Als Kind wird man in die Abhängigkeit geboren, weil man es einfach noch nicht alleine kann. Essen, Trinken, auf die Toilette gehen, Anziehen. Zunächst die banalen Dinge, aber es wird schwieriger. Vieles ist zu lernen, zu erfahren, bis man sich zutraut, allein in die Welt zu gehen. Falsche Vorstellungen müssen korrigiert werden, mal mehr, mal weniger schmerzhaft. „Du sollst dir kein Bild machen." Irgendwie kommen wir aber doch schon mit bestimmten Vorstellungen auf die Welt. Manche stimmen, andere nicht. Und es wird ein ewiges Ausprobieren bleiben, was wir im Leben erreichen können und was nicht. Schade, wenn du nicht wagst deinen Weg zu gehen, weil dir jemand erzählt hat, das geht nicht, das ist nichts für dich oder das schaffst du nicht. Du kannst immer auf andere hören, was du machen sollst, aber es wird dich nirgendwo hinführen.

25.

Ich spiele mit meinen Haaren. Schön, wie diese leichten Wellen auf die Schultern fallen. Früher hätte ich sie mir nie wachsen lassen, aber irgendwann wollte ich das.

Einen wunderbaren Ausblick hat man von hier oben, trinkt seinen Kaffee dabei und genießt. Ich suche mir gern schöne Arbeitsplätze aus, hab immer mein Notizbuch dabei, um neue Ideen aufzuschreiben. Unten fahren die Autos wie in einer Modell-Landschaft. Ein Bus verschwindet plötzlich, weil er in einen Tunnel fährt. Ein anderer wendet auf dem runden Platz. Leute steigen aus. Wie die Ameisen wimmeln sie auf dem großen Platz. Sind wir auch so fest organisiert wie sie? Es ist schon faszinierend, wie jede Ameise ihre genauen Aufgaben hat und perfekt als Teil des ganzen Haufens funktioniert. Wie wäre es, wenn eine Ameise plötzlich sagte: „Ich will nicht mehr, ich steige aus" und ihre eigenen Wege ginge? Wie weit würde sie kommen? Das sind so typische Geschichten für Kinderbücher, um zu zeigen, man muss nicht mit der Masse mitgehen, hab Mut zu deinem eigenen Weg. Oder verschenkst einfach ein paar schillernde Schuppen und schon bekommst du viele Freunde. Ja, die Anforderungen an heutige Kindergeschichten. Vor allem keine brutalen Szenen. Da kommt man ja bei manchen Märchen schon ins Straucheln. Wenn Rumpelstilzchen z. B. am Ende mit einem Fuß tief in der Erde steckt, den anderen packt und sich selbst mitten entzweireißt oder die böse Stiefmutter von Schneewittchen in glühende Pantoffeln steigen muss, um zu tanzen. Aber wir müssen ja gar keine Märchen erzählen. Wer Zeitung liest und Nachrichten sieht, weiß, dass wir ganz real von ähnlichen Szenen umgeben sind. Einfach ausblenden? Aber das Leben lässt sich nicht beschneiden. Es kommt überall hin. Amok in der Schule. Wir müssen ehrlich bleiben, anschauen, was uns begegnet. Vom Wegschauen wird's sicher nicht besser, nicht in der Welt und nicht für uns persönlich. Also doch lieber Märchen erzählen. Da ist die Gerechtigkeit noch klar erkennbar. Das sind echte Lebensgeschichten. Von einfachen Handwerkern und Königen, von dunklen Wäldern und Räubern, von Glück und Pech, von Mut und Feigheit, von allem, was einem im Leben begegnen kann. Wunderbar. Hört nicht auf, Märchen zu erzählen, denn sie sind, anders als bei vielen Kindergeschichten, auch uns Erwachsenen noch ein geheimnisvolles Rätsel vom tiefen Sinn des Lebens, den man immer wieder neu ergründen kann.

26.

Es ist gar nicht leicht, einen Tag so zu gestalten, dass er am Ende zufrieden stellend und rund ist. Schaue dir genau deinen Tag an und du erkennst dich darin. Heute war Streichen angesagt, zuerst Abkleben. Ich habe mich spontan entschieden, den Pinsel nicht von oben nach unten zu führen, sondern immer in Kreisen zu streichen. In dem hellblauen Farbton kann man das Wasser erahnen. Die Wand wird lebendiger, ich bin zufrieden. Ich kann mich damit gut identifizieren. Manchmal bin ich ganz schön genervt, wenn ich unzufrieden mit meiner Arbeit bin. Es bohrt richtig. Aber es ist der Ausgangspunkt auf der Suche nach der Stimmigkeit, nach neuen Ideen. So wie der Schmerz die Suche und den Wunsch nach Entspannung bewirkt und die Krankheit Heilung. Ja, wir brauchen die Unzufriedenheit, um immer wieder neu mit uns und der Welt in Kontakt zu kommen, nicht stumpf zu werden und abzusterben, mitten im Leben. Schau dir den Wald von Menschen an. Wie viele sind schon längst tot, obwohl sie immer noch stehen!

Ich will ans Meer, endlich wieder ans Meer, den Wellen zusehen und -hören, barfuß durch den Sand gehen und die Füße vom Wasser umspülen lassen. Ich sitze am Ufer. Der Wind weht mir entgegen. Ich schließe die Augen und höre Möwengeschrei. Dazwischen tosen die Wellen, herrlich. Endlos so sitzen und zuhören, was das Meer erzählt, der Wind – von Freiheit, die es so noch nicht gibt hier auf Erden. Denn wir sind alle noch verstrickt in alte Zusammenhänge, die Neues verbinden auf immer gleiche Weise, bis die Zeit reif ist und wir erkennen, was wir tun, was andere tun und im Erkennen frei dafür werden, es von nun an anders zu machen, selbstbestimmt. Das Meer singt auch nur sein immer währendes Lied von der Sehnsucht. Es selbst ist nicht frei. Wenn das Schicksal es will, dann wird es sich aufbäumen zu einer riesigen Flutwelle und ganze Landstriche verschlingen. Es wird sich in Ebbe und Flut bewegen, solange der Mond den Rhythmus vorgibt. Es wird Tieren und Menschen Lebensraum sein. Wer hat die Macht? Wem gehorcht es? Jedenfalls lehrt es uns Respekt. Wir können die Achtung empfinden, wenn es ruhig und windstill vor uns liegt. Manchmal brauchen wir aber auch den Sturm und das Tosen, um in Ehr-Furcht an unserem richtigen Platz zu stehen.

Ich nehme ein kleines Stöckchen und ziehe Linien in den feuchten Sand. Fest ist er und die Spuren sind deutlich sichtbar. Eine kleine Welle kommt, spült den Sand glatt und ein Teil meiner Striche verschwindet. Wie auf einer Tafel wischt das Meer immer wieder sauber, lässt Spuren verschwinden. Noch mal fange ich an, lasse meiner Hand freien Lauf, wähle einen größeren Abstand zum Wasser. Es dauert länger, bis der Tafellappen putzt. Nichts mehr da, von dem, was eben war. Nichts mehr zu sehen. Aber in mir ist das Gefühl, sind die Bilder vom Geschehenen. In mir lebt weiter, was mich bewegt hat, was ich er-lebt habe. Ich trage das Weltgeschehen in mir, meine kleine Welt, wie ich sie erfahren habe. Materie verweht, aber es gibt einen Raum, in dem alles geborgen ist, unauslöschlich und für immer. Wir Menschen können unsere Herzen weit machen, um all die Eindrücke weiter leben zu lassen, die uns begegnen, aber nur, wenn wir uns berühren lassen, wahrnehmen, fühlen, lachen und weinen.

27.

Hast du dich schon mal in einen Baum hineinversetzt? Eines Tages streckt sich aus einem kleinen Körnchen ein winziger grüner Spross. Und obwohl er wie unter einer Erdlawine verschüttet liegt, reckt er sich in Richtung Himmel und lässt seine Wurzeln nach unten Halt suchen. Was muss das für ein Moment sein, wenn er die Erde durchstößt und das erste Mal Licht erlebt! Wohl ähnlich kommen wir Menschen aus dem dunklen Bauch, nachdem wir uns mühsam einen Weg gebahnt haben. Endlich aus der Enge befreit, aber auch ganz allein nach der langen körperlichen Verbundenheit. Die Grenzen sind weiter geworden, ein neuer Raum wird erkundet, muss ergriffen werden. Erblickt nun der Spross das Licht der Welt, hat er seinen festen Platz: da, wo er geboren wurde. Ein Teil von ihm fühlt sich immer von Erde umgeben, tief und tiefer streckt er seine Wurzeln aus und erobert immer neuen Raum, langsam vorwärts tastend. Kommt er nicht weiter, sucht er Aus- und Umwege und schlägt eine neue Richtung ein. Auch nach oben entfaltet er sich in alle Richtungen. Blätter, Äste, Zweige, Knospen: Alles kommt Stück für Stück zum Vorschein. Höher und höher wächst er, lebt ganz von dem, was er bekommt. Er trinkt begierig, wenn es regnet, tankt Energie, wenn die Sonne scheint. Manchmal aber muss er warten, Tage, Wochen, muss von seinen Vorräten zehren. Er steht ganz still, regt sich, für uns kaum wahrnehmbar. Aber wenn es stürmt, dann wird er durchgeschüttelt und biegt sich. Er gibt sich dem Wind hin, so gut er kann. Doch wenn seine Grenzen überschritten werden, dann bricht er. Er wird versuchen, neu auszutreiben, den Schaden zu beheben. Unermüdlich ist er am Wachsen und Neubilden. Aber im Winter ist alles anders. Die Blätter sind ab, das Holz steht nackt da. Es ist die Schwangerschaftszeit, denn die Knospen, aus denen sich Blätter und Blüten entwickeln, sind schon da. Fest umschlossen und geschützt liegt das noch „Ungeborene" verborgen. Eisig wehen die Winde. Schnee bedeckt Äste und Zweige. Manchmal tragen sie schwer, manchmal brechen sie. Stell dich hin wie ein Baum. Strecke deine Arme wie Äste von dir. Stell deine Beine wie Wurzeln fest auf den Boden. Spüre ihn mit deinen Fußsohlen. Schaue nicht nach oben, denn der Stamm steht gerade. Schließe die Augen und spüre die Sonne, die dich bescheint, den Regen, der dich benetzt, den Schnee, der auf dir liegt. Stehe da minutenlang und fühle die Jahre, die dich hoch hinaufwachsen lassen. Wird ein Blitz dich spalten und dir so irgendwann dein Ende bereiten? Ist es eine Motorsäge, die dich abrupt aus dem Leben reißt? Faulst du von innen her, von Altersschwäche gezeichnet und verfällst langsam? Ist deine Rinde schwer beschädigt worden und du stirbst daran? Wähle dir einen Tod und sterbe ihn, bis du flach auf dem Boden liegst, der Erde gleich. Du wirst ein anderer Mensch werden, wenn du beginnst, dich in andere oder anderes hineinzuversetzen. Dein Leben wird reicher um Erfahrungen, um Gefühle, die dich mehr und mehr verstehen lassen. Und deine kleine Welt wird wachsen, Raum ergreifen von der großen. Du wirst Puzzle um Puzzle zusammentragen. Das Bild wird deutlicher, die Wahrheit klarer, die Menschen verständlicher. Du reihst dich ein in das Ganze und stehst nicht mehr allein. Jeder ist ein Teil von dir, du bist ein Teil von jedem. Alles wird gut.

28.

Jahr um Jahr vergeht, Tag um Tag verweht. Jede Stunde ist gefüllt: von Leben und von Sterben. Lange habe ich Daniel nicht gesehen, seinen Ruf nicht gehört. Ich hätte seinen Ruf vernommen. Ein Fragezeichen entsteht.
    Ich klappe das Bügelbrett zusammen und räume es auf. Kaffeepause. Heute gönne ich mir Vanilleeis im Cappuccino. Zwei Löffel. Langsam gleitet es in die heiße Flüssigkeit, versinkt zum Teil. Ich rühre um, samtig cremig liegt der Schaum auf dem Kaffee. Ich gehe zur Couch und schlage die Zeitung auf: Lokalteil. Was ist los um mich herum? Gleich auf der ersten Seite halte ich gebannt inne. Wie ein Blitz durchfährt es mich, das darf doch nicht wahr sein! Ein Bild von Daniels Café ist zu sehen, daneben noch eins, alles total zerstört, ein Feuer hat gewütet. Ich lese begierig die Zeilen. Oft überfliege ich die Buchstaben so schnell, dass ich noch mal zurückgehen muss, um alles zu verstehen. Aber eins wird sehr schnell deutlich: Ursache ungeklärt und vom Besitzer fehlt jede Spur. Was hat das zu bedeuten?
    In der Nacht wache ich auf, ganz heiß ist meine Haut, Fieber? Die Traumbilder tauchen auf, es brennt lichterloh. Daniel sitzt an dem Tisch, wo wir zusammen Kaffee getrunken haben, mitten im Feuer. Er nippt an seiner Tasse, so als wäre nichts. Er schaut zu mir, sein Gesicht ist voller Tränen. Ich möchte zu ihm gehen, aber er macht eine mir Einhalt gebietende Handbewegung. Ich bleibe stehen, fassungslos. Lange schaue ich zu. Nach einiger Zeit bemerke ich jedoch, dass seine Tränen ihn vor dem Feuer schützen. Sie löschen immer gerade so viel, dass ihm nichts passiert. Mein Körper zittert, mich friert und ich decke mich zu. Wie ein kleines Kind rolle ich mich zusammen und schließe die Augen. Daniel, wo bist du, denke ich und gleite wieder in den Schlaf. Die Villa taucht auf, die Nacht mit

ihm, die weichen Kissen. Plötzlich Feuer, alles brennt. Doch wir zwei bemerken nichts, es kann uns nichts anhaben. Die Bilder verschwinden langsam und mein Schlaf wird tiefer und unglaublich sorglos. Es kann nichts passieren. Dieses Gefühl erfüllt mich ganz. Ich fange wieder von vorne an, lasse alte Bilder los, gebe Festgefahrenes frei. Daniel, denke ich, es ist so schön, dass es dich gibt. Und es ist so, als wenn mich seine Hand sanft streicheln würde. Ich lege meinen Kopf hinein und schlafe unsagbar ruhig weiter.

29.

Wenn die Liebe dich ruft, folge ihr. Täglich ruft sie zum nächsten Handeln. Und nicht immer ist das mit der Freude erfüllt, die man sich eigentlich wünscht, wenn die Liebe ruft. Warum ist es immer wieder auch ein Überwinden? Ein Überdrehen? Zu viel? Im Dienst der Schuldigkeit, ich schulde noch etwas. Ja, es ist ein Zurückzahlen und deshalb mit einem gewissen „Muss" verbunden, früher oder später jedenfalls. „Du kannst alles wieder gut machen.", hat Daniel gesagt. Egal was geschehen ist, wir können alles wieder heilen. Und das ist es wert. Vergeben. Zurückgeben.

Das Telefon klingelt. Ich spüre einen Widerwillen, jetzt ranzugehen. Also lass ich es. „Ich hab schon paarmal versucht, dich anzurufen!", höre ich sie sagen, mit diesem gewissen vorwurfsvollen Unterton. Ja und? Sie ist unglaublich, diese Erwartung, ich müsste einfach verfügbar sein. Kurz anrufen, schon hab ich sie dran. Nein.

Ich höre, wie der Anrufbeantworter angeht – nichts.

Es gibt Menschen, die nehmen dankbar an, was ich ihnen gebe. Auch wenn sie es nicht sagen, es ist immer spürbar. Dort ist die Kraft gut aufgehoben, dort gehört sie hin und dort macht es auch Freude. Es gibt aber auch Menschen, die konsumieren, saugen förmlich aus, immer und immer wieder. Es bleibt das Gefühl der Leere. Noch mehr. Ein Fass ohne Boden. Und es fühlt sich ganz anders an. Fordernd zum Beispiel. Ein „Nein" wird mit Wut beantwortet, mit Beleidigtsein. Irgendwann ist es mir wie Schuppen von den Augen gefallen. Die Zeit war endlich reif, etwas zu ändern, eine Schuldigkeit getan. Gott sei Dank.

Ich gehe in den Garten und schaue nach den Tieren. Ein Teil der Wiese gehört ihnen, das war mein Wunsch. Nicht nur ein Stall, sondern genügend Freiraum. Da können sie hüpfen,

Haken schlagen, sich unter Büschen verstecken, über Steine springen, sich ein Loch scharren und ausruhen. Es macht Freude, ihnen zuzusehen. Ich fülle ein Schüsselchen mit Wasser. Den Stall leere ich und streue frische Holzspäne und Stroh hinein. Es duftet. Diese tägliche Arbeit hat etwas Meditatives, so empfinde ich es. Über ein Brett hüpfen sie abends in ihr Haus. Ich bringe ihnen eine Schüssel mit Gemüse, hartem Brot und Trockenfutter, die Heuraufe wird gefüllt. Darauf stürzen sie sich und kommen in den Stall gehüpft. Es ist ein schönes Ritual, dann ist Nachtruhe. Morgens, bevor wir frühstücken, bringen wir ihnen auch eine Schüssel voll. Meistens schäle ich einen Apfel für die Schule und die Schalen bekommen sie als Nachtisch. Es fühlt sich einfach wunderbar an, dieses Miteinander.

30.

Es hat lange geregnet. Der Waldboden ist feucht. Moos bedeckt ihn. Ich laufe wie auf einem Teppich. Sanft sinke ich ein bei jedem Schritt. Ich gehe gern vom Weg ab. Zwischen Bäumen, durch Laub, Äste knacken unter meinen Sohlen, Zweige rascheln. Hin und wieder fällt ein Tropfen herab. Der Wald atmet, Nebel steigt auf. Eine kleine Lichtung. Es riecht mild nach Pilzen. Sehr langsam gehe ich, bewusst jeden Schritt wahrnehmend. Es ist viel schwieriger, das Gleichgewicht zu halten, wenn man ganz langsam läuft. Fast wie ein Storch stakse ich jetzt, bleibe auf einem Bein stehen. Ganz in mir muss ich ruhen, ganz bei mir sein. Wenn ich mich auch nur im Geringsten etwas anderem widme, kippe ich. Es ist nicht so einfach, zu leben in Extremen: entweder ganz bei mir und nur bei mir zu sein oder völlig im anderen. Wo ist die Verbindung, die Brücke zwischen den Welten? Immer nur wenige Augenblicke fließt die Kraft zwischen den Menschen. Alles ist da, die Quelle in mir. Sie speist den Fluss meines Lebens. Ich lasse gern Durstige trinken, aber es ist immer meine Freiheit zu sagen: „Nein!" Wie viele Flüsse sind ausgetrocknet, Ufer begradigt und zementiert. Der Kreislauf des Wassers verändert sich, aber es ist immer da.

31.

Eine Welt? Unendlich viele Welten, unendlich viele Herrscher. Kennst du deine Welt? Bist du Herrscher darin? Du erkennst sie an deinen Grenzen, so weit reicht sie. Lebt jemand darin? Ein Kind? Führst du es ein in deine Welt, die ja auch seine ist, und lehrst du es die Gesetze deiner Welt, damit es seine eigene bauen und beherrschen lernt? Wird deine Welt nicht immer wieder von Kämpfen erschüttert, weil andere den Anspruch erheben, darin mitzuherrschen? Ziehe dich zurück aus allen anderen Welten, verbringe mehr Zeit nur allein in deiner. Vielleicht lernst du sie erst jetzt richtig kennen? Und lieben? Beginne zu ordnen, aufzuräumen, wegzuschmeißen. Pflanze neu, baue auf. Lass nur die daran teilhaben, die dir und deiner Welt liebend begegnen. Wehre den Anfängen. Wenn du achtsam bist, reicht es, kleines Unkraut zu zupfen, damit dein Gepflanztes wachsen kann. Passt du nicht auf, musst du vielleicht mit Hacke und Spaten kämpfen, um ein Übel an seiner Wurzel zu packen. Egal, wie weit du in fremde Welten hinausziehen musst, weil dein Schicksal dich ruft, vergiss nie, dein Reich im Auge zu behalten, rechtzeitig zurückzukehren, bevor es verwildert oder besetzt wird. Denn niemand sonst wird es für dich tun. Und falls du denkst, wenn du alt und schwach bist, dann kannst du ja nicht mehr aufräumen, vergiss nicht, dass du einst mit neuen Kräften wiederkommen wirst, um weiterzubauen an dieser deiner Welt. Was du jetzt anlegst und aussäst, wird Folgen für dich haben. Du musst nicht die ganze(n) Welt(en) retten, aber für deine trägst du Verantwortung. Entwickle Tapferkeit und Mut, dein Reich zu verteidigen, wann immer es nötig ist. Durchschreite jeden Meter genau, damit du alles kennenlernst, was Dein ist. Vielleicht bist du, ohne es zu wissen, in ein anderes Reich eingedrungen und hast Teile davon für dich in Besitz genommen. Dann ziehe dich zurück, schau dir an, was du gemacht hast. Oder gelüstet es dich danach, deine Grenzen auszuweiten, weil dir die Konsequenzen noch nicht klar sind? Mach's dir gemütlich, lies Märchen von Königen und ihren Reichen und fühl dich zu Hause. Vielleicht baust du täglich an einer anderen Welt mit, ohne es zu wissen. Du fragst dich, warum manches so anstrengend ist oder warum du es eigentlich gar nicht willst. Prüfe, ob du an deiner Welt arbeitest oder für andere. Hast du Angst, an der Erschaffung deines Reiches zu arbeiten? Würdest du in Konflikte kommen, weil du festgehalten wirst? Warum kannst du nicht gehen? Bist du abhängig von jemandem oder von etwas? Wirst du ausgelacht und nimmst deshalb deine Welt nicht ernst genug? Findest du die Kraft, dich zu befreien und zu lernen, was du noch dafür brauchst?

32.

Seifenblasen, zart fliegen sie im Wind. Aber versuche nicht, sie zu fangen. Sobald du sie berührst, zerspringen sie. Sie kommen und gehen, bezaubernd. Manches in mir ist so zart, dass es kaputtginge, wenn Worte es beschreiben sollten, jedenfalls für diesen Augenblick. Manches kann man nur fühlen. Wenn du es in Worten festzuhalten versuchst, entgleitet es dir. Es will, es kann nicht in diese Welt, noch nicht? Aber es ist da, ich spüre es. Manchmal teile ich ein Gefühl mit anderen. Das ist wunderbar, diese Begegnung in der anderen Welt, dieses Sich-ganz-Verstehen ohne Worte. Wenn hinter den Worten nicht das Fühlen beginnt, haben wir uns nicht verstanden, dann bleibt nichts von diesem Augenblick. Wenn du nicht fühlst, was ich sage, bist du nicht da. Wer hat dir nur erzählt, dass du alles begründen musst, was du tust, dich rechtfertigen, verteidigen? Warum musst du kämpfen und dadurch jeden, der mit dir zusammen ist, zum Gegner machen, ob er will oder nicht? Wer nicht für dich ist, ist gegen dich. Wie oft werden Familien oder andere Gruppen durch ungeschriebene Gesetze, durch Tabus zusammengehalten. Man gehört nur dazu, wenn man sich dem unterwirft. Man spürt genau, wann der Moment kommt, wo man etwas wahr-nimmt, aber nicht anrühren darf. Sonst stehen alle gegen dich. Fluch und Segen, wenn man begnadet ist, immer diese Nadel im Heuhaufen zu finden. Wenn man die Energien eines Magneten hat, zieht es einen förmlich dahin, ob man will oder nicht. Es hat seinen Sinn, weil die Zeit reif ist. Ich werde, ich wurde dahin geführt, wo es Zeit für die Wahrheit ist. Es gibt im Leben mehrmals die Angebote des Schicksals, sich selbst ehrlich anzuschauen, zu sich zu stehen und sich zu leben. Nimmst du die Hand oder gehst du daran vorbei? Du bist immer frei. Aber schimpfe nicht über die Folgen. Wer nicht hören will, muss fühlen, und das müssen wir wieder lernen: unseren Weg, uns selbst zu fühlen. Es ist keine Drohung wie aus alten Kinderbüchern, es ist ein Segen. Denn wo kämen wir hin, wenn niemand ginge, um zu sehen, wohin wir kämen, wenn wir gingen? Geh nur, hab keine Angst vor den Folgen, denn Erfahrungen sind das Einzige, was uns bereichert im Leben, was uns keiner nehmen kann, was wir nie vergessen werden, was nicht stirbt. Wir sind auch die Summe unserer Erfahrungen.

33.

Werde ich dich jemals wiedersehen? Wenn wir frei sind und unabhängig voneinander, gibt es dann einen Sinn, der uns auf Erden zusammenführt? Sind es nicht Abhängigkeiten und unsere Unvollkommenheiten, die uns immer wieder zu anderen Menschen hinziehen? Ist das „Ich liebe dich" wirklich von dem „Ich brauche dich" trennbar? Liebe ist wohl etwas, dem die unterschiedlichsten Bedeutungen zugeschrieben werden. Wir haben alle eine Vorstellung von Liebe, aber der Versuch, sie zu leben, tut uns immer aufs Neue weh. Weil eine Vorstellung ein Bild ist und „Du sollst dir kein Bild machen." Nicht wie du es willst, sondern wie ER es will, so soll, so wird es geschehen. Also wieder mal loslassen. Von innen her den Weg finden, nicht vom Kopf, von der Vorstellung her. Wo will mein Herz hin? Die Begegnung im Café fällt mir ein, es war so schön. Und ich hatte gedacht, dass wir uns dort öfter treffen werden. Ja, ich hatte gedacht. Und gefühlt? Nein, jede Regelmäßigkeit, jede Gewohnheit würde die Einzigartigkeit zwischen uns zerstören und das Gefühl, sich ganz dem Augenblick hinzugeben.

Es ist Abend und am Dunkelwerden. Ich bin allein. Sarah schläft und du bist unterwegs. Ich atme tief die Abendluft. Die Tiere sind versorgt, sie haben gegessen und schlummern im Stroh, eng aneinandergekuschelt. Sehnsucht zieht herauf. Ich stehe da mit verschränkten Armen und schließe die Augen. Da sehe ich Daniel, er lächelt. Er tritt hinter mich und legt mir sanft seine Hände auf die Schultern. Ich spüre die Wärme. Langsam drehe ich mich um und lasse meinen Kopf an seine Schulter sinken. Kein Wort, kein Blick, nur Spüren: Wärme, Nähe, Geborgenheit. Nicht aufwachen, nicht festhalten, sondern loslassen, lassen, geschehen lassen. Zeit vergeht. René fällt mir ein, wie er plötzlich in meinen Armen kraftlos zu Boden sank. Ich fühle Daniels Energie und doch die Angst, ob der nächste Moment ihn wieder nimmt. So wie damals. Aber er ist kein Kind, wir kennen uns nicht von früher aus diesem Leben, er ist erst viel später aufgetaucht. Ich fühle den Unterschied und die Angst weicht dem Vertrauen. Er war da, er ist da und er wird da sein. So wie wir alle. Wenn wir die Zeit vergessen, wenn Geburt und Tod nicht trennen, sondern verbinden, dann ist alles da. Ich öffne die Augen und schaue ihn an. „Du hast dich verändert.", sagt Daniel. Ich streiche langsam über seine Wangen, Ohren, den Mund, so als müsste ich mich vergewissern, dass er da ist. Plötzlich spüre ich, wie mir schwindelig wird, die Kraft mich verlässt. Ich versuche, mich festzuhalten, aber ich rutsche. Daniel hält mich, aber mein Bewusstsein schwindet. Ich sehe mich zu Boden sinken. Kalt weht der Wind. Blätter fallen herunter und decken mich zu. Ich sehe Leute um mich herum stehen, in einer Kirche. Ein Baby weint, mein Baby. Es tut so weh. Ich liege aufgebahrt. Die Menschen ziehen an mir vorbei. Auch Daniel, anders aussehend, aber ich erkenne ihn. Er hat Tränen in den Augen, die er mit allen Kräften zu unterdrücken versucht. Er will sich nichts anmerken lassen. Niemand darf es erfahren, unser Geheimnis. Er kommt ganz dicht heran und flüstert: „Du hättest nicht gehen dürfen, ich brauche dich, wir brauchen dich!" Wieder höre ich mein Kind weinen, unser Kind. Ich fühle mich unendlich müde und kraftlos. Ein Teil von mir sieht zu, ein Teil liegt da, dem Verfall preisgegeben. Ich bin Zuschauer, so groß ist schon der Abstand zu meinem Körper. Diese Frau ist mein früheres Leben und ein neues hat bereits begonnen. Ich fühle, dass ich diesen beiden Menschen nah sein möchte und für sie tun werde, was immer ich kann. Wohl wissend, dass die not-wendigen Begegnungen erst viel später stattfinden können und sich alles danach sehnt. Alles, was wir tun, wird auf die Zukunft ausgerichtet sein, wir leben für ein Wiedersehen und dafür sterben wir auch. Ja, mir wird jetzt klar, dass ich mein Kind nie mehr zurücklassen möchte, dass ich alle Kraft darauf verwenden werde zu bleiben, solange es mich braucht. Das wird die Aufgabe meines nächsten Lebens sein. Ich habe mir selbst so weh getan. Das wird mir jetzt klar. Ich möchte meinen Weg gehen, ja, ich will und ich weiß, es wird nicht leicht werden.

Sarah lacht im Schlaf, leicht und erfrischend. Ich streiche über ihr Haar. Mehr als einmal stand ich am Abgrund, weil mir die Kraft ausging zu bleiben. Ich habe mich fallen lassen, ohne Ausreden zu suchen. Du kannst nicht tiefer fallen als in Gottes Hände, heißt es. Ja, dort bin ich gelandet. Ich habe gespürt, er lässt mich frei entscheiden und er fragte: „Willst du wirklich gehen?" Gerade wollte mir das „Ja" über die Lippen, da spürte ich, dass diese Entscheidung weitreichendere Konsequenzen hätte, als mir bisher bewusst war. Etwas in mir hat mich erinnert, dass ich das nicht noch einmal tun werde. Und allein diese Erkenntnis spülte wieder Energie in meinen Körper, es geht weiter. Gott sei Dank.

Wieder ein Lachen, so herzerfrischend. Wann immer ich nach dem Sinn meines Lebens suche, dieser ist Antwort genug.

34.

Es ist nicht leicht, seinem Feinde gegenüberzustehen und die Kraft zu entwickeln, es diesmal anders zu machen als all die Male zuvor und nicht als Verlierer wegzugehen. Wer kann helfen? Weiß ich eine schützende Hand über mir oder trage ich die Erfahrung der Kindheit mit mir herum, dass ich allein auf mich gestellt bin? Aber wenn ich aus Angst den Dingen aus dem Wege gehe, kann ich nie die Erfahrung machen, die mir so fehlt: dass ich immer, egal wie allein ich mich fühle, eine schützende Hand über mir habe. Es bewusst zu erleben, bedeutet eine andere Erfahrung, eine neue Dimension. Es kostet die Überwindung, sich mit Gott und dem Schicksal zu versöhnen, ihm erneut ins Gesicht zu schauen, mit dem Wunsch und dem festen Willen, es jetzt zu ertragen. Was für ein Ereignis, wenn die Welten sich drehen, weil ich meine Welt verändere. Jede Neuerung hat Auswirkungen auf das Ganze. Es ist genau wie in der Natur: Veränderungen betreffen immer alle, denn alles ist miteinander verbunden. Alles ist eins: All-ein. Also, spüre dein Zittern, verwende deine Kraft nicht, es zu unterdrücken, sondern es auszuhalten, nur so kommst du weiter und gewinnst neue Einsichten, die neue Türen öffnen.

35.

Wo wird mich mein Bewusstsein noch hinführen? Ich stehe zwischen den Leben. Aber es ist meine Aufgabe, das jetzige auszufüllen so gut ich kann. Und doch ist die Hoffnung auf das Danach das Licht, das schon einen Teil der Gegenwart erhellt. Sie ist die Kraft, die mich erfüllt. Die Vergangenheit und die Zukunft, sie geben meiner Gegenwart einen Sinn. In mir spüre ich eine tiefe Verneigung vor dem großen Geschehen, das ist. Vor der Geduld, die es mit uns Menschen hat, die wir doch oft so dumm und dreist über den Dingen zu stehen vermeinen. Es muss ja Schmerzen vor Lachen bekommen, hustet einmal und der Mensch zuckt zusammen aus Furcht vor diesem Donnerschlag, der ihm doch nur den Weg weist zu sich, der ein Nichts ist, wenn er groß zu sein meint und alles sein kann, wenn er achtet.

36.

Der Schuh drückt, der Schuh ist zu klein, die rechte Braut sitzt noch daheim. Warten, bis ich dran bin? Oder kämpfen für die Gerechtigkeit? Es hat so ein Gschmäckle, wenn man kämpfen muss, aber es ist immer die Frage, wenn die Wut da ist, wohin damit. Behalten? Krank werden? Körperlich heilen und fertig? Ist nicht beim Rauslassen immer jemand betroffen, der da mit hineingezogen wird? Oder ist alles eine Frage der Bewusstseinsebene, auf der ich angekommen bin, mit der ich mich auseinandersetzen muss, bis ich frei davon bin und die nächste erreiche? Wenn ich mit der Wut eines anderen konfrontiert werde, ist doch die Frage, ob ich darauf reagiere und mich angesprochen fühle oder ob sich für mich gar nichts ändert, weil ich fühle, dass es nichts mit mir zu tun hat. Ist die Wut ein Trotz gegen etwas, das ich nicht wahr-haben will? Ist es einfach eine falsche Vorstellung von der Wirklichkeit, die ich korrigieren kann, um etwas in mir zu berichtigen? Ich tauche ein in diese Fragen, das Verstehen. Das ist die Welt, in der alles in Ordnung ist. Friede kehrt ein, Ruhe. Aber ich muss zurück in meine Welt, da weitermachen, wo ich aufgehört habe, egal wann, egal wo es war. Es gilt, die Spannung der Distanz auszuhalten, aber welch Segen! Ich muss nicht sterben, wenn die Kraft mich verlässt, um mit aufgefüllten Batterien in ein neues Leben zu treten. Ich kann auch hier und jetzt in den Ozean der Liebe tauchen, Kraft schöpfen, Antworten empfangen, bis ich mich wieder bereit fühle, aus mir heraus, aus der Liebe heraus in mein Leben zu treten. Gottes Finger berühren Adams Hand. Michelangelos Gemälde zeigt diesen entscheidenden Moment der Erweckung, wenn die Welten sich berühren. Das ist der Motor, der alles am Laufen hält, die Hoffnung, die Aussicht auf diesen Moment.

37.

Ich schaue zum Himmel empor: dunkelblauer Nachthimmel, hier und da ein Sternchen, ein winziger Lichtpunkt. Von Lichtverschmutzung habe ich neulich in der Zeitung gelesen, so etwas gibt es jetzt also auch! Das scheint ein Widerspruch in sich zu sein: Licht – Verschmutzung. Licht als strahlende und reinigende, ja heilende Kraft. Und dann Verschmutzung? Ja, wo kämen wir denn hin, wenn das Licht uns die Aussicht aufs Dunkle verstellte? Wenn wir vor lauter Licht die Dunkelheit nicht mehr sähen? Dann fehlte uns der Kontrast, wir könnten nicht mehr unterscheiden, nicht mehr erkennen, nicht mehr verstehen. Immer Tag, immer wach – Geschlossene Gesellschaft. Immer Frieden, nie Kampf – eine Aussicht aufs Paradies, dem wir doch eben entronnen sind, aus dem wir uns haben vertreiben lassen, weil ein Leben im Schlafwandel nicht mehr erfüllend genug war. Ja, um zu verstehen, brauchen wir die Gegensätze, sie sind der Nährboden für neues Bewusstsein durch neue Erfahrung. Wir spielen mit den Dingen, probieren aus, um zu verstehen und zu gestalten, neu zu machen, um zu leben. Ich will mitspielen, mehr als bisher, und ich will die Grenzen wieder neu ausloten, mehr als bisher. Wer setzt Grenzen? Ich, die Welt, meine Angst, die Menschen …

Ich lehne mich an einen Baum, lasse meinen Kopf nach hinten sinken und schließe die Augen, die Hände vor meinem Herzen gekreuzt. Ganz ruhig und friedlich stehe ich da, atme ein und aus, lasse den Luftstrom bewusst fließen. Ich spüre, wie Kraft durch mich strömt, wie der Baum mich stützt, ja, mir wird klar, dass es dieselbe Energie ist, wie jene, die mich erfasste, als Daniel so nah bei mir war. Er hat sie personifiziert und für mich fühlbar gemacht. Wo immer ich bin, sie ist da, er ist da, alles ist da, in mir. Plötzlich höre ich eine vertraute Stimme. Daniel steht vor mir, verneigt sich und sagt: „Danke, dass ich dir dienen durfte. Nun bin ich frei und du bist es auch." Noch einmal nimmt er mich in den Arm und haucht mir einen Kuss auf die Wange. Ich spüre die tiefe Sehnsucht in mir. Noch immer bin ich an den Baum gelehnt. Er schaut mich an und unsere Blicke begegnen sich neu, unsere Augen sprechen miteinander ohne Worte. Ich höre ihm zu und rede doch gleichzeitig. Alles fließt ineinander. Er streicht mir das Haar aus der Stirn, so liebevoll, fast kindlich. Ich muss an René denken. Ja, auch er ist da. Daniel nimmt mich an der Hand und wir laufen los, einfach drauflos. Manchmal bleibt er stehen und nimmt mich in den Arm, einfach so, ohne Worte, ohne Ziel. Wir sind ganz allein auf diesem Weg. Wann immer ich will, verlasse ich den Weg für einige Zeit, um Dinge zu tun und Menschen zu treffen, die mir wichtig sind, denen ich wichtig bin. Ich kehre zurück, wenn (m)eine Stimme mich ruft, und schwimme in meiner Zeit, in unserer Zeit. Keine Fragen, keine Worte, nur Sein.

38.

Ich berühre deine Hand und weine. Du gehst, ohne mich je wirklich berührt und verstanden zu haben. Ich bin immer noch an deiner Seite und du bist nicht da. Vielleicht bist du jetzt dort, wo du immer warst und es ist endlich ehrlich, weil es nie anders war. Ich fühle mich dir näher als je zuvor. Die Lüge ist nur gestorben, niemand sonst. Ich spüre Freiheit, ein Gefühl, das ich an deiner Seite erleben wollte. Aber ich musste fast all meine Kräfte darauf verwenden, mir wenigstens so viel Freiheit zu erkämpfen, wie ich gerade noch zum Leben brauchte. Selbst diesen Überlebenskampf hast du argwöhnisch betrachtet und um jeden Preis zu unterdrücken versucht. Ich habe die Spuren meiner Tränen immer verfolgt, habe sie nie zu verdrängen versucht, habe oft beglückende Wahrheiten dahinter gefunden. Also, warum jetzt meine Tränen? Weil die Liebe mich irgendwann einmal zu dir geschickt hat, weil sie nie aufgehört hat, die Begegnung mit dir zu suchen. Aber du wolltest dein Geheimnis für dich behalten. Du hast mir nie geglaubt, dass es gar kein Geheimnis ist, dass du es selbst bist, den ich aus der abgrundtiefen Dunkelheit in die Taufe heben will. Nicht um jeden Preis, aber ich bin fast daran zerbrochen. Ich habe meine Schuldigkeit getan, das spüre ich. Und deshalb war es gut. Die Lüge ist nur gestorben, niemand sonst. Meine Liebe zu dir ist da, wie sie immer da war.

Nun bin ich frei. Wofür? Es wird mir begegnen. „Jeder Tag ist ein guter Tag zum Sterben.", schreibt Paulo Coelho. Jeder Tag ist aber auch ein guter zum Leben.

Die Autorin

Annette Spillner-Kucharz wurde 1973 geboren und wuchs in Görlitz auf. Nach dem Abitur in der Bundesrepublik studierte sie Pädagogik und beschäftigte sich währenddessen auch intensiv mit Philosophie, Psychologie, Linguistik und Literaturwissenschaft. Ab 1998 arbeitete sie einige Jahre in einer privaten Sprachschule in Stuttgart.Die Autorin begann 2008 ihre schriftstellerische Tätigkeit mit dem Manuskript „Flügelschlag eines Engels", der Grundstein für ihr Schreibtalent wurde bereits als Kind gelegt, als sie Gedichte und Geschichten aufschrieb. Des Weiteren fing sie an Bilder zu gestalten und entwickelte ihren ganz persönlichen Malstil. Heute lebt und arbeitet Annette Spillner-Kucharz als Lebensberaterin und Coach in Stuttgart.

Der Verlag

Der im österreichischen Neckenmarkt beheimatete, einzigartige und mehrfach prämierte Verlag konzentriert sich speziell auf die Gruppe der Erstautoren.
Die Bücher bilden ein breites Spektrum der aktuellen Literaturszene ab und werden in den Ländern Deutschland, Österreich, Schweiz und Ungarn publiziert.
Das Verlagsprogramm steht für aktuelle Entwicklungen am Buchmarkt und spricht breite Leserschichten an.
Jedes Buch und jeder Autor werden herzlich von den Verlagsmitarbeitern betreut und entwickelt.
Mit der Reihe „Schüler gestalten selbst ihr Buch" betreibt der Verlag eine erfolgreiche Lese- und Schreibförderung.

Manuskripte herzlich willkommen!

novum publishing gmbh
Rathausgasse 73 · A-7311 Neckenmarkt
Tel: +43 2610 431 11 · Fax: +43 2610 431 11 28
Internet: office@novumpro.com · www.novumpro.com

AUSTRIA · GERMANY · HUNGARY · SPAIN · SWITZERLAND

Bewerten Sie dieses Buch auf unserer Homepage!

www.novumpro.com